Isabelle

DU MÊME AUTEUR

Vous n'allez pas avaler ça ?, 1971.
Don Juan est-il français ?, 1973.
Croque-en-bouche, 1976.
Monsieur Folies-Bergère, 1978.
La Bougainvillée, 1983.
Louison ou l'heure exquise, 1987.
Louison dans la douceur, 1989.
Pauline de sa jeunesse, 1998.

Tous ces ouvrages sont parus aux éditions Albin Michel.

Fanny Deschamps

Isabelle

roman

PLON

ISBN : 2 259 19574 1

PREMIÈRE PARTIE

L'éblouissement romain

1

Devant les yeux d'Isabelle, grands ouverts sur son rêve, les péplums dansaient un ballet aux couleurs éblouissantes. Dans le poudroiement de l'air doré, ils avaient des envols légers, des enroulements d'un ralenti moelleux autour des colonnes brisées.

Quand le chat se frotta contre son mollet, Isabelle déplaça distraitement sa jambe. La caresse se renouvela, tiède, chatouilleuse, insistante. Elle eut un soupir qui venait de tout son corps, comme lorsque Etienne la tirait du sommeil, le matin. Ses paupières battirent. Les fantômes qui peuplaient une Rome debout dans sa splendeur antique s'évanouirent. Il ne resta devant elle que le temple de Vesta dressé sur le chaos du Forum et le chat maigre contre sa jambe. « Maigre comme un chat romain », pensa la jeune femme. Elle se pencha vers lui. L'animal bondit de côté en continuant de la regarder avec des yeux sans amitié et un miaulement sauvage.

— Je vois ce que c'est, dit Isabelle. Patiente une seconde, nous allons partager.

Elle fouilla dans le fond d'un fourre-tout au

désordre définitif et en sortit deux petits pains ronds. Elle commença par rompre le *panino* aux anchois. La bête affamée se jeta sur les premiers morceaux.

Surgis des pierres par miracle, un, deux, trois autres chats, maigres et pelés, vinrent quémander de la nourriture. Isabelle fit une moue à son second *panino* au salami et le leur partagea.

— Mille regrets, mes amis, mais c'est tout ! lança-t-elle aux matous qui n'avaient pas l'air rassasiés. Et elle ajouta d'une voix forte, pour se donner du courage : « Allons ! Au travail ! »

Cette apostrophe énergique ne l'empêcha pas de s'appuyer à nouveau contre le fût de granit au pied duquel elle était assise. La tête rejetée en arrière, les yeux levés, elle contempla par-dessus son front plissé le gris tendre, bleuâtre comme une gorge de pigeon, de la colonne qui montait presque sans meurtrissure jusqu'à la cassure terminale. « Je suis à Rome ! Je suis à Rome ! » pensait-elle. Une joie violente la retenait de bouger. Elle se sentait inscrite à sa place, collée aux ruines vivantes, par la lumière d'huile brûlante. Elle ne devait pas faire un mouvement pour que cette sensation de plénitude éternelle durât.

Elle pouvait se croire seule. Il fallait, par cet après-midi de juillet, un rare courage pour explorer le Forum. Quatre ou cinq touristes, loin d'elle, établissaient l'inventaire des pierres. L'un d'eux, en chemise de soie beige, coiffé d'une casquette en toile, tenait le Guide bleu dans sa main gauche. De la main droite, il s'essuyait le visage et la nuque, à intervalles réguliers, avec un grand mouchoir froissé. Madame photographiait le « petit », debout sur la pierre où Marc Antoine est supposé avoir prononcé sa harangue après l'assassinat de Jules César.

Isabelle attendit d'avoir une crampe au cou pour baisser la tête. Alors, son regard errant rencontra, éparpillés autour d'elle, des objets qui la choquèrent comme un anachronisme : Rolleiflex, Leica, pied, cellule et autres accessoires, ce bazar qui la suivait partout. Elle songea à la dizaine de « fonds » qu'elle devrait prendre encore pour truquer, si c'était nécessaire, ses photographies des modèles de la haute couture italienne.

Une bonne idée du rédacteur en chef – ils en ont parfois – que d'expédier une partie de son équipe en reportage à Rome. Isabelle, Carole et Jean-Jacques Ollivier avaient commencé par perdre trois jours à espérer une autorisation que la direction des Beaux-Arts n'était plus certaine de leur accorder. Quoi de plus délicieux que de perdre trois jours à Rome ? Si Isabelle n'en avait pas profité, c'est que Carole s'était attachée à ses pas, tandis que les différents bureaux intéressés à la conservation des monuments historiques se renvoyaient Jean-Jacques comme une balle de tennis.

Enfin, il avait conquis de haute lutte la permission officielle. Pour deux jours, le jardin des vestales s'était repeuplé de nouvelles pensionnaires. A en juger par leurs conversations, au temps de la vertueuse république romaine, ces prêtresses auraient mérité d'être enterrées vives pour avoir jeté leur vœu de chasteté par-dessus les portiques !

— Les Romains étaient astucieux, avait grommelé Jean-Jacques quand ils s'étaient retrouvés tous les trois le dernier soir. Ils avaient inventé une méthode efficace pour les faire taire. Avez-vous entendu ce verbiage ? J'ai envie d'intituler mon papier : « Cinq péronnelles chez les vestales » !

— « Quatre » péronnelles, avait rectifié Carole d'un ton exagérément suave. La cinquième, Elda, devait être douée d'un ramage : tu semblais charmé !

— Sa... sa silhouette était éloquente, j'en conviens, avait dit Jean-Jacques avec complaisance, en esquissant un « S » au-dessus de ses spaghetti. Je n'ai pas écouté le reste.

Les yeux bleus de Carole avaient foncé. Elle ouvrit la bouche mais sentit aussitôt le genou d'Isabelle heurter le sien en guise d'avertissement. Elle gonfla sa lèvre inférieure, ce qui lui donnait un air d'ingénue prête aux larmes.

« Elle ne changera pas, avait pensé Isabelle. Elle se rend compte que Jean-Jacques s'invente au besoin des succès pour la faire enrager, et elle ne manque pas une occasion de marcher ! Le pire est qu'elle n'est pas seulement en colère. Elle a de la peine aussi. A vingt-deux ans, elle en paraît dix-huit et a gardé l'âme de ses seize ans : la moindre contrariété la marque, la plus légère méchanceté d'autrui lui creuse une ride ; c'est une âme de cire vierge. Comment étais-je à seize ans ? Est-ce que j'attachais autant d'importance aux paroles et aux gestes de l'homme que j'aimais ? »

Isabelle avait eu beau fouiller sa mémoire, elle n'avait ressuscité que l'*image* d'Antoine. Une image sèche, qui n'apportait avec elle aucune sensation de ce temps-là. Vers seize ans, elle avait dû être amoureuse d'Antoine, le fils du pharmacien du boulevard Denain. Mais, même en faisant marcher, rire, danser dans son souvenir l'étudiant imberbe, long comme un jour sans pain, coiffé d'un casque de cheveux noirs et raides dont un épi barrait le front bombé, il ne venait en elle ni plaisir ni regret. Antoine figurait un moment de son passé, rien de mieux. Il n'avait pas laissé de trace en elle. Elle n'avait pas eu le loisir de se répondre, Jean-Jacques s'adressait à elle :

— Tu ne trouves pas que les Romaines sont plus... plus explosives que les autres femmes ?

— Je ne suis pas lesbienne, avait-elle répondu sèchement, décidée à secourir le sexe faible. Mais j'avoue que le jeune Romain, bouclé de cheveux, étroit de hanches... N'est-ce pas, Carole ?

— Ces filles, elles sont faites d'éléments qui voltigent ! avait continué Jean-Jacques, que le chianti rendait lyrique. Bouche, yeux, sourcils, cheveux, mains, tout gesticule ! C'est le mouvement perpétuel. Explosives ! Elles sont ex-plo-si-ves ! Elles agacent, nous portent sur les nerfs, nous hérissent la peau. Elles sont irrésistibles !

— Mais elles résistent ! avant conclu Isabelle en posant sa main ferme sur le bras de sa voisine.

— Cela dépend à qui, ma chère ! Cela dépend à qui !

Jean-Jacques avait passé trois doigts dans sa

tignasse blonde et s'était mis à ricaner assez fort pour faire retourner vers eux quelques têtes de dîneurs.

Isabelle avait supporté Jean-Jacques cinq jours. Elle était saturée de sa bonne humeur, parfois un peu forcée, en général assez creuse.

— Tu peux te promener dans les rues sans rien craindre, avait-elle dit de la voix mordante qu'elle savait prendre quand elle le voulait.

Lorsqu'Isabelle vous parlait sur ce ton, en posant, le quart d'une seconde, le regard neutre qu'elle eût posé sur un chiffon, on se sentait vexé jusqu'à la moelle. Aussi leur conversation avait-elle langui, trouée de silences froids.

— Je ne sais pas si vous irez faire un dernier tour de Rome *by night*, avait dit Jean-Jacques, son *espresso* avalé. Je vous donne rendez-vous dans le hall de l'hôtel, à sept heures et demie, demain matin. Je vais me coucher, j'ai la tête farcie.

— C'est un heureux changement, avait laissé tomber Isabelle. D'ordinaire, tu l'as vide.

Et elle lui avait souri gracieusement.

Assez rouge, il s'était tourné vers elle en ouvrant la bouche. Mais, ne trouvant sans doute rien d'assez piquant à lui répliquer, il avait pris le parti de lancer un éclat de rire trop sonore pour être sincère.

— Tu as été un peu méchante, avait dit Carole, quand elles s'étaient retrouvées seules. Je sais que c'était pour le punir de son attitude envers moi, mais...

La jeune fille n'avait pas poursuivi. Elle avait soupiré ; et puis, elle avait parlé d'autre chose.

« Suis-je un peu méchante ? Ou méchante tout

court ? » se demandait Isabelle en se remémorant cette scène.

Le soleil la traversait, la rendait molle comme un fruit mûr. De quelques touffes de thym sauvage, grillées, piétinées par les touristes, montait une odeur entêtante. Isabelle se sentait si bonne en cet instant que l'idée qu'on pût la croire méchante lui paraissait invraisemblable. La remarque de Carole avait dû chatouiller un coin pas très pur de sa conscience, puisqu'elle venait la relancer dans son bien-être actuel. « En tout cas, Carole, elle, est une dinde », se dit Isabelle, éludant la question qu'elle se posait. « J'essaie de la défendre contre la tyrannie de Jean-Jacques et elle me reproche presque de prendre son parti. Les femmes préfèrent souffrir des caprices de l'homme aimé que de renoncer à une parcelle de l'admiration qu'elles ont pour lui. Elles ne se résignent pas à penser : “ Jean-Jacques est vaniteux et il manque de tact. ” Elles disent : “ Il a un orgueil de lion et il est cynique. ” De défauts mesquins, elles font des vices susceptibles de leur inspirer chagrin *mais* considération. Elles ont lutté pour leurs droits, l'ère de l'égalité devrait commencer, mais elles ont toujours des réactions de femelles. Il fait trop chaud pour méditer là-dessus. »

Elle était délivrée de Carole, de Jean-Jacques et des potins du journal pour deux jours. Elle l'avait décidé ce matin : elle s'était arrêtée de boucler ses bagages.

— Je ne pars pas, avait-elle déclaré aux deux autres. J'ai l'intention de reprendre quelques clichés du Forum, par mesure de sécurité.

— Qu'est-ce qui te prend ? avait demandé Jean-Jacques.

— Je viens de te le dire.

— Moi, je veux bien me contenter de ce prétexte. J'espère que le patron s'en contentera aussi. Je ferai ce que je pourrai.

— Merci, j'y compte. Il me restait huit jours de vacances. S'il y avait du tirage...

Carole avait eu un sursaut :

— Tu veux rester huit jours ?

— Non, baby, deux à peine. Je rentrerai demain, par l'avion du soir ; dix-sept heures et quelque, je crois.

Ni l'un ni l'autre n'avait insisté : Isabelle était leur aînée. Il n'était pas rare qu'elle fît preuve d'indépendance de caractère. Quand elle avait ce qu'elle appelait ses crises de liberté, bien qu'elle demeurât d'un calme souriant, on l'aurait tuée plutôt que de la faire renoncer à ses projets. Les projets d'Isabelle étaient à réalisation instantanée.

« Je les aime bien, pensa-t-elle, mais ils m'ennuyaient. J'avais besoin de les oublier. »

Maintenant, elle est perdue dans les restes somptueux de la Rome païenne. Elle a erré à travers les temples éventrés, les colonnes martyres, les chapiteaux brisés, enfouis à demi dans l'herbe sèche. Le charme a opéré, comme chaque fois qu'elle revient au Forum : elle s'est sentie enlevée hors du temps, hors d'elle-même... « Mais c'est que je n'ai pas envie de travailler ! » se dit-elle.

Isabelle n'était pas femme à se contraindre. Elle se mit debout d'une seule détente des reins, souple, qui la ravit. C'était sa fierté de conserver, à trente-neuf ans, son agilité et sa maigreur d'adolescente. En un clin d'œil, elle ramassa Rolleiflex, Leica, accessoires, les suspendit à son cou et à ses bras par leurs courroies et, traversant la via Sacra, courut vers la baraque de la sortie, en s'essoufflant un peu sous le poids.

— Pourriez-vous me garder tout cela ?

Son italien était un peu trop scolaire, un peu trop toscan en face de la « bouillie » romaine.

— *Si, Signora, si !* répondit le gardien, empressé.

Prudente par expérience, Isabelle compta devant lui :

— Un, deux, trois et deux, cinq, six et sept. Sept choses. Nous sommes d'accord ?

— Sept. *Va bene*, fit le garde. Et il inscrivit un gros sept sur le ticket de vestiaire avant de le lui tendre.

Arrivée sur le seuil, elle se retourna :

— C'est très fragile !

Mais elle sourit, en voyant l'homme déposer les appareils sur le banc derrière lui, aussi précautionneusement qu'il eût couché un nouveau-né dans son berceau.

2

Isabelle s'arrêta près du temple de Castor et Pollux. Les colonnes corinthiennes, colossales, s'élançaient droit au ciel, pures comme une prière. Elle caressa longtemps de la paume le flanc d'un fût, dur, lisse, tiède et blanc comme un ventre de jeune fille.

Levant haut la main, elle posa sa joue contre son bras nu, se plaqua et s'étira le long de la colonne. Sa robe de lin, trempée de sueur, collait à sa peau et au marbre d'un blanc moins cru que celui du lin. Elle resta là, flanc à flanc contre son tuteur géant, infiniment heureuse.

Quand elle se rendit compte de son attitude abandonnée, elle se redressa vite, jetant alentour des regards inquiets. Elle était seule. Elle n'apercevait même plus le groupe des touristes, avalé par les ruines.

Contournant le temple, elle s'engagea dans la Nova Via qui court au pied du Palatin, passa sous les arceaux déchiquetés qui enjambent la rue, parmi les déchirures où la végétation reprend ses droits. Arrivée près de l'arc de Titus, elle tourna sur sa droite et commença de monter au Palatin.

Elle aimait ce sentier parce qu'on n'y rencontre guère de monde, les visiteurs empruntent, en général, un chemin plus direct. Verdoyant, hérissé de buissons épineux, il aboutit sur un plateau d'herbe maigre, à peu près désert, privé de vestiges antiques. Cette partie, laissée à l'abandon, sent la campagne romaine. Les grillons y sont tranquilles et grésillent à plein gosier ; l'air chaud cueille des bouffées d'arômes aux plantes brûlées. De-ci, de-là, éclate par-terre la blancheur d'un chapiteau rongé.

Marchant vers l'ouest, longuement, Isabelle posséda des yeux la vue immense déroulée jusqu'à la lisière bleue des monts Albains : foisonnement des coupoles, des campaniles et des maisons rousses, rehaussé par le vert des jardins, troué de place en place par la coulée miroitante du Tibre enchâssé dans la campagne appienne.

Elle ne vint qu'épuisée se réfugier sous l'ombre des jardins Farnèse. Penchée à la balustrade, elle retrouva le Forum, quarante mètres au-dessous d'elle. Sous les rayons obliques du soleil, les marbres blancs doraient, les porphyres rosissaient. Les arbustes fondaient dans une grisaille informe. Décolorée par les approches du soir la ville morte devenait pathétique.

Isabelle la caressait de son regard brun, avec l'envie vague de mourir là, qui lui venait quand elle croyait avoir atteint une acuité de bonheur inégalable. Malgré tout, un relent d'insatisfaction traînait en elle comme le poids d'un manque. « Oh ! Pourquoi ne suis-je pas amoureuse en cette minute, pourquoi, pourquoi ? » se dit-elle, secouée d'impatience au désir de ce comble de félicité qui ne lui était pas donné.

Les lettres du télégramme de son mari Etienne s'inscrivirent sur la ville : HEUREUX ANNIVERSAIRE... « Trente-neuf ans... Tu n'as plus l'âge des amours folles », dit en elle une voix cruelle. Elle releva la tête ; dans les courtes boucles châtain les traînées d'argent accrochèrent du soleil et brillèrent de gaieté. « Stupide, une date de naissance ! Je ne serai jamais vieille je suis bien trop jeune ! » Et elle s'efforça de songer avec trouble à Nicolas.

De cet amour éteint depuis deux ans déjà, cet

amour de trois années – une de passion, deux d'habitudes de moins en moins agréables – elle ne ressuscita qu'un souvenir déchargé de son poids d'émotions. Nicolas, pas plus qu'Antoine, n'avait laissé de trace. Elle ne se demanda pas : « Comment ai-je pu aimer Nicolas ? » C'était le genre de questions qu'Isabelle ne se posait jamais. Elle avait aimé Nicolas parce qu'à l'époque, elle trouvait exaltant d'être assise auprès de lui, de sentir la main si belle alourdir sur sa peau. Mais c'était hier. Et les réalités d'hier étaient, pour Isabelle, sans utilité. Elle s'éveillait chaque matin disponible, aussi avide d'impressions neuves qu'une adolescente.

Elle écarta l'image sans consistance de Nicolas. « Bah ! pensa-t-elle pour se consoler, qui donc a écrit : " Il y a des jours où le seul climat de Rome suffit au bonheur " ? » Au même instant, elle eut le sentiment d'une présence et tourna la tête.

Accoudé comme elle à la balustrade, l'homme la fixait de ses yeux souriants. Cet homme ne lui était pas inconnu : où l'avait-elle rencontré ? Il la salua discrètement et elle ne put s'empêcher de lui rendre son sourire. Quand Isabelle souriait, son visage prenait un éclat sauvage. La grande bouche charnue découvrait des dents très blanches aux canines aiguës de loup ; les deux points de lumière des prunelles jetaient des flèches en pleine figure. Un tel sourire donnait-il permission d'engager la conversation ? L'étranger en usa :

— Comme vous savez LA regarder, dit-il en

balayant l'horizon d'un geste. Moi, je ne sais pas encore : c'est ma première visite à Rome.

Il s'exprimait d'une voix basse et douce, dans un français parfait mais lent, où traînaient des sons gutturaux.

— Vous êtes française, n'est-ce-pas ?

Isabelle inclina la tête. Elle regardait la haute stature, les épaules et le visage, les cheveux très blonds mais grisonnant par endroits. Les yeux surprenaient chez cet homme puissant : ils étaient d'un bleu trop tendre, lavé, comme s'ils avaient versé beaucoup de larmes.

Soudain, elle revit cette silhouette et ce regard dans la salle à manger du Bologna. « Sans cette expression extraordinairement douce, on l'imaginerait bien descendant d'une barque de Vikings pour courir au pillage », avait-elle songé ce matin. Elle dit :

— Et vous ? Nordique ? Allemand ?

— Viennois. Permettez-moi de me présenter : je me nomme Franz Rausch. Et comme je sais que vous êtes photographe – je ne crois pas me tromper ? – il me paraît juste d'ajouter que je suis professeur. Voilà... nous sommes à égalité de connaissances l'un sur l'autre.

— Vous n'avez pas l'air viennois.

— Y a-t-il un air viennois ?

— Hum. Oui ! Un air de valse ! Les Viennois sont des valseurs, non ? Ils doivent à leur réputation d'être minces, taille moyenne, gestes arrondis, œil romantique.

— Je m'excuse !

Isabelle se mit à rire :

— N'en faites rien : vous y gagnez ! Vous ressemblez à un Alexandre le Grand qui aurait eu le temps de vieillir.

Elle se mordit aussitôt la lèvre inférieure : « Quelle manie ai-je de dire ce qui me passe par la tête ? Il va croire que je lui fais un compliment. » Franz s'amusait franchement :

— Vous l'avez bien connu ?

— Qui ? Alexandre ? Non, quel dommage ! Je l'aurais adoré, suivi dans ses bagages jusqu'à Alexandrie-du-bout-du-monde !

Elle se mordit la lèvre et cette fois s'empourpra de la manière imprévue dont elle savait rougir. Ils n'eurent pas le temps d'être embarrassés. Un garde s'approchait :

— Il est bientôt sept heures.

— *Evvabene !* fit Isabelle. C'est toujours ainsi, ajouta-t-elle, tournée vers Franz, les crépuscules ici sont d'une beauté miraculeuse mais le règlement les arrache ! On ferme.

Elle lui offrait du geste le couchant qui s'enflammait. Le haut des colonnes luisait d'une lumière miellée tandis qu'à leur base le chaos de pierres retournait au néant. Les arceaux de la basilique de Maxence s'ouvraient sur le bleu profond qui virait au noir.

Un bruissement doux leur venait des eaux cachées derrière les parterres de sauge. Il ne restait qu'eux deux dans cet îlot de paix. Le garde, qui les surveillait du coin de l'œil, avait l'air d'un metteur en scène.

Ils commencèrent à descendre. Le bruit des eaux mourut. Le silence imposant qui montait du Forum se fit plus attirant encore. Le claquement sec d'un caillou que le pied d'Isabelle envoya rouler devant lui le troubla une seconde. Alors Franz dit très bas :

— Où m'emmènerez-vous voir le deuxième acte de la féerie céleste ? Ma voiture est garée place du Colisée.

— Allons au Janicule, chuchota Isabelle sur le même ton. Nous avons le temps : ici, le jour n'en finit pas de mourir.

Elle ne s'étonnait plus d'être liée à Franz pour ce soir.

Ils approchaient de la sortie et elle vit le concierge, du seuil de sa porte, scruter alentour en donnant des signes d'impatience. Dès qu'il repéra Isabelle, il rentra chercher les appareils.

3

Quand ils furent sur la via dei Fori imperiali, elle se retourna une dernière fois vers les fouilles. Avec malice, Franz désigna la gracieuse colonne de Phocas :

— A votre place, je l'aurais choisie pour partenaire de ma scène d'amour. C'est la plus élégante.

Rouge de dépit, elle le transperça du regard :

— Oubliez ça !

— Ce serait dommage... Le tableau était charmant.

J'ai pensé à ces lianes d'Afrique qui enroulent leur tige flexible autour d'un tronc pour aller épanouir leurs feuilles dans la lumière. Abandonnée contre votre colonne, vous aviez l'air d'adorer le dieux Soleil...

— Je l'adorais ! Je suis une mystique païenne !

L'énorme pâté rond du Colisée était devant eux. Un petit vieux sortit de l'ombre, se précipita pour ouvrir la portière à Isabelle. Puis, tenant un chiffon de sa poche – à moins que ce ne fut un mouchoir sans âge – il fit mine d'essuyer soigneusement le pare-brise.

— Les petits métiers de Rome, dit Isabelle, après que Franz eut mis vingt lires dans la main du vieux. Ici, on trouve toujours un service inutile à vous rendre ! Les débrouillards ramassent les tickets périmés des parcs payants et organisent des places de stationnement... à leur bénéfice, bien entendu !... Non, non, prenez tout droit... vous passez cette porte... C'est la porte Saint-Paul, nous allons traverser le Tibre tout de suite après...

4

Le soleil avait enfin sombré au fond de l'horizon dans une orgie de couleurs. La queue de sa traîne, pourpre et orangée, s'engloutit à son tour. Le bleu d'encre de la nuit romaine s'installa.

— La représentation est terminée, soupira Isabelle.

La place Garibaldi grouillante de monde se dégageait. Isabelle frissonna dans l'air devenu frais. Son compagnon l'entraîna vers la voiture. Quand il lui proposa de passer à l'hôtel pour y prendre un vêtement avant d'aller dîner, elle lui indiqua, du menton, le vieil imperméable jeté en boule sur la banquette arrière. Il sourit :

— Je ne pensais pas qu'une Parisienne s'en contenterait ?

— Je ne veux pas perdre une minute de ma nuit romaine si vous m'acceptez telle que je suis ? acheva-t-elle dans un effort de civilité.

Avant d'appuyer sur le démarreur, il l'enveloppa d'un regard perplexe. Elle l'étonnait. Elle le charmait. Il se demandait pourtant s'il était dupe d'une rouée ou si cette femme continuait de vivre, en dépit de son âge, avec la liberté d'attitudes et de paroles qui lui semblait si naturelle. Non que cette liberté choquât Franz : il n'imaginait pas qu'elle pût parler ou agir d'une autre façon. Cependant, il ne devinait ni les gestes ni les réponses qu'elle allait faire ; et chaque fois, elle disait et faisait exactement ce qu'il croyait avoir attendu. Il n'était pas accoutumé à ce plaisir. Il ne savait pas qu'on ne s'habituait jamais aux réactions d'Isabelle.

C'était sa puissance de séduction, ce don qu'elle avait de se renouveler en un courant de constante spontanéité. La façon d'exister d'Isabelle reflétait la succession d'impressions de son univers intérieur : elle ne déguisait rien, ne retenait rien dans le secret de son être. Et les sensations qu'elle recevait gardaient une vivacité de sensations premières. Le temps les effaçait, lui restituant une sensibilité vierge dont elle se faisait parfois le reproche :

« Je dois être un monstre, songeait-elle certains jours, je n'ai pas de mémoire sensorielle. J'oublie aujourd'hui ce qui me bouleversait hier. " Hier " est devenu un titre sec au catalogue de ma vie. »

Ce soir, Isabelle ne pensait pas. A défaut de vivre, ce soir, elle baignait dans la vie.

— Mmmm... souffla-t-elle, je suis heureuse.

— Vous paraissez plongée dans le ravissement. Je ne veux pas croire que c'est grâce à ma présence ? Peut-être est-ce grâce à ce décor de *commedia dell'arte* autour de nous ?

Ils étaient installés à la terrasse de la pizzeria, place San Ignazio.

— Aux deux. Je ne fais jamais l'analyse d'un bonheur. Ça le trouble ! Il faut boire le mélange d'un coup.

« Boire ». Elle venait d'employer le terme convenable. Cet après-midi, il lui avait semblé qu'elle buvait la chaleur du soleil sur le marbre de la colonne par les pores de sa peau. Ce soir, au Janicule, elle se laissait envahir par la splendeur du couchant. Se servait-elle d'autre chose que de ses sens pour comprendre la vie et la beauté ?

Comme pour répondre à la pensée de Franz, Isabelle dit :

— Je ne suis pas très intelligente, vous savez. J'ai seulement du talent pour vivre heureuse.

— Promettez-moi que c'est un talent contagieux ?

— Je n'oserais pas. Je n'ai jamais fréquenté les Viennois à l'heure du petit déjeuner. A observer les têtes parisiennes dans le métro, on ne peut pas penser que le bonheur est une épidémie contemporaine.

— Les Viennois sont moins insouciants que jadis, mais il leur reste un fond de gaieté.

— Aimer, boire et chanter.

— Et danser ! L'engouement des Viennois pour la danse a été extraordinaire.

— A été ?

— N'avez-vous pas eu votre « bon vieux temps » à Paris ? A Vienne, nous avons eu le nôtre. Le bon temps où le bourgeois viennois vivait sa vie en époussetant ses porcelaines. Le soir, sa fille lui jouait *La Truite* de Schubert et le dimanche on pique-niquait dans la forêt viennoise. Celle de Johann Strauss naturellement, pleine d'oiseaux mélodieux, de mousselines valsantes. Pas celle de l'Anschluss. Après le passage de Hitler, les Viennois n'ont pas reconnu leur forêt. Mais, les compositeurs d'opérettes s'y promènent dans le même bien-être rose et bleu. La valse constitue pour nous un excellent article d'exportation.

— Pas de regret du passé ?

— Bien sûr que si ! La nostalgie du passé est un mal agréable à entretenir pour un peuple. S'attendrir sur un passé délicieux – d'autant plus délicieux que mythique – représente un passe-temps charmant.

— Un passe-temps idiot ! dit-elle avec véhémence.

— Vous n'aimez pas remuer les souvenirs heureux ?

— Non. Ecoutez, « Professeur », vous n'allez pas jouer les Musset ?

— Parce que ?...

— Parce que Musset a écrit, dans sa courte vie, plusieurs stupidités, dont la suivante : « Un souvenir heureux est peut-être, sur terre, plus vrai que le bonheur. » D'énormes stupidités peuvent être mises en vers ravissants. La question n'est pas là. J'ai dû boire, il y a quatre ou cinq ans, de ce vin précieux des Hospices de Beaune, que l'on met aux enchères chaque année. Eh bien ! rien ne m'empêchera de dire que je lui préfère mille fois ce vin d'Orvieto dont vous emplissez mon verre ce soir.

— Vous feriez un mauvais gentilhomme. Comment appelez-vous vos célèbres goûteurs ?

— Chevaliers du Tastevin. Je ferai un très mauvais chevalier du Tastevin : je donnerai la palme au dernier cru qui me roulerait sur les papilles.

— Vous allez encore me traiter de poète mais... je vous regarde et je me prépare un très doux souvenir de vacances.

Le bleu si tendre des yeux caressait Isabelle. Elle se détendait sous la tiédeur du désir comme une chatte sous le soleil. Elle demanda :

— En somme, vous ne vous intéressez qu'au passé ou à l'avenir. Le présent vous paraît négligeable ?

— Pas si le présent vous ressemble, répondit-il en posant sa main sur le bras nu d'Isabelle.

Elle tressaillit légèrement. « Premier contact... Agréable. » Tout haut, elle dit :

— Vous me rassurez. J'allais m'enfuir pour vous laisser apprécier plus tôt mon souvenir.
— Le danger m'aurait rendu le sens de la réalité.
— C'est-à-dire le bon sens !

5

Le serveur était venu déposer sur leur table un compotier de pêches de Vérone. Il en choisit deux parfaites et les tourna sur les cubes de glace d'une jatte en cristal. L'odeur forte, miellée, des fruits collait aux narines. La lèvre inférieure d'Isabelle gonfla de plaisir. Elle piqua sa fourchette dans la chair jaune d'or, éventra le fruit jusqu'au noyau ; la pulpe grenue et rouge du cœur apparut et le suc épais ruissela sur l'assiette. Le goût musqué de la pêche envahit la bouche d'Isabelle avant qu'elle y portât le morceau.
— Que voulez-vous, soupira-t-elle, un pays qui produit des saveurs aussi exquises ne peut être qu'un pays d'amour et de voluptés, Juliette, balcon, rossignol et pêches sont faits pour aller ensemble.
— Vous adorez l'Italie ?
— Oui. Et vous ?
— Je la connais mal.

— Dans quels pays avez-vous gaspillé vos longues vacances de professeur ?

— J'ai beaucoup voyagé en France et en Allemagne ; mais pendant des années après la guerre, nous n'avons pu sortir d'Autriche comme nous le voulions. Nos vacances scolaires ne sont pas établies comme les vôtres. L'Université...

— Non ! coupa Isabelle, non, je vous en supplie ! J'ai horreur d'agiter des idées générales. Une seule me gâterait ma nuit romaine. Je vous demande pardon, mais ne trouvez-vous pas que rien ne s'assortirait moins au parfum des pêches qu'un exposé sur l'université autrichienne ?

— Si, dit-il très bas.

Une nouvelle fois, la douceur bleue glissa sur elle, appuyant à peine et, de bien-être, elle entrouvrit ses lèvres.

— Parlez-moi de vous. Vous êtes une pierre de cette Université ?

Il rit :

— Un petit caillou !

Elle pensa : « J'aime l'entendre rire. Son rire est bas, feutré, câlin, fait pour émouvoir. Et il m'émeut. Ce n'est pas un rire inoffensif, c'est une arme ! Le sait-il ? »

— Chère madame, vous rêvez.

— Je m'appelle Isabelle.

— Vous rêvez... Isabelle.

Elle laissa couler un temps, puis murmura :

— Vous venez pour la première fois de dire : « Isabelle », lentement, avec votre accent rauque... et c'était comme si personne jamais ne m'avait appelée par mon nom.

Il l'observa avec la même perplexité que dans la voiture. Se rendait-elle compte de la signification des mots qu'elle venait de prononcer ? Jouait-elle la comédie de l'inconscience ?

— Parlez-moi de vous, répéta-t-elle, de votre vie.

— De quelle tranche de ma vie ?

— Pourquoi pas de votre vie entière ?

— Je suis arrivé à un âge où il est bon de découper son roman en chapitres sous peine de lasser son auditoire.

— Un professeur doit savoir rédiger un résumé complet mais concis.

— Un professeur de philosophie ?

— Oh ! dit-elle.

Une expression telle avait passé dans les yeux de la jeune femme que Franz rit :

— Ne me dites pas que vous me considérerez maintenant comme un bonze respectable !

— Avec votre rire si doux ? Non. Tout au plus comme un bouddha siégeant sur son lotus avec l'arrière-sourire clos de qui a trouvé la recette de félicité éternelle.

— Jalouse ? Je vous croyais du talent pour être heureuse ?

— Vrai. Mais moi, je ne suis pas heureuse de la même façon... Et je suis obligée de « mettre au point ». Oh ! j'ai un réflexe de photographe, rassurez-vous !

— Apportez-nous deux cafés, commanda Franz au serveur qui s'était approché.

— *Stretto* pour moi ! dit Isabelle.

Le violoneux ambulant qui circulait entre les tables en miaulant des rengaines populaires avait profité de l'interruption de la conversation pour se pencher vers Isabelle, l'archet en l'air, le sourire interrogateur, comme s'il attendait la note du souffleur pour repartir de plus belle.

— *L'amore à una cosa meravigliosa*, s'il vous plaît, dit-elle.

Sur le fond sonore du verbiage polyglotte, l'archet râpa les premières mesures de la mélodie. La voix assez chaude du chanteur s'éleva :

Si ! Quest'amore splendido
è la cosa piu preziosa
che possa esistere !

— L'amour est la seule chose vraiment importante d'une vie, soupira Isabelle. Mais parlez-moi donc de vous !

Dans son esprit, l'association d'idées était nette : « Parlez-moi de vous » signifiait : « Y-a-t-il un amour dans votre vie ? »

— Ma vie de professeur est simple ; un peu monotone, mais studieuse, et telle que je l'avais désirée. Ce n'est pas le professorat qui m'a déçu.

Du ton dont elle aurait demandé : « Alors, la place est libre ? », elle interrogea vivement :

— Vous avez été déçu ?

— Disons meurtri.

Et voyant qu'elle le regardait curieusement, il fit un effort et poursuivit :

— Je me suis marié jeune, avec l'une de mes collègues, un professeur de lettres. J'ai eu deux fils, l'aîné a dix-neuf ans et le second seize. Ils sont en vacances en Ecosse.

— Et... votre femme ?

— Elle est morte il y a deux ans après un long calvaire qui fut aussi le mien et un peu celui de nos fils : une folie puerpérale s'était déclarée après la naissance du cadet. Quatorze ans d'internement. Voilà.

Isabelle s'efforçait d'écouter le chanteur. « Pourquoi me raconte-t-il cette histoire lugubre ? » pensait-elle, parfaite d'inconséquence. Pourquoi les gens ne disent-ils pas ce qu'il faut dire pour créer du bonheur ? Il lui suffisait de quelques mots : « Je suis libre de vous aimer... »

Franz continuait de parler, dans un besoin croissant de se livrer à cette inconnue si présente.

Elle avait croisé ses bras sur la nappe. Elle penchait vers lui son buste et son long cou mince, mais ses yeux portaient ce voile des yeux qui ne regardent rien qu'un rêve informulé. Une lumière crue tombait d'une lampe placée au-dessus de sa tête. L'éclairage révélait trois sillons sur le front et une fine étoile de ridules à l'angle des paupières. Franz ne remarquait que l'éclat des mèches argentées parmi les brunes. Le vieil imperméable trop large, jeté sur les épaules d'Isabelle, la faisait paraître encore plus menue qu'elle n'était.

Il se rendait compte qu'elle ne l'écoutait presque plus. Pourtant, par son regard perdu, par sa grande bouche pulpeuse entrouverte, par son attitude abandonnée, elle se laissait pénétrer par son récit. Les paroles tombaient au creux de son être et elle en choisissait juste ce qui lui était nécessaire pour s'approprier Franz.

Au cours de la soirée, à diverses reprises, il s'était demandé si elle était intelligente. Brusquement, en la voyant l'écouter, la vanité de sa question lui apparut : Isabelle n'avait pas besoin d'intelligence parce qu'elle n'avait pas besoin d'apprendre. La connaissance de la beauté, de l'amour, la connaissance des autres aussi – *l'utile*, en somme –, lui avait donné un sixième sens.

« Pour comprendre l'Autre, l'intelligence est d'un faible secours », pensa Franz.

6

Il s'était tu. Elle continuait de rêver, livrée au regard bleu où le désir croissait. Elle le sentait, de plus en plus perceptible, coller à la peau nue de ses poignets, de ses bras, de son cou.

« Il n'a pu s'empêcher de me raconter son drame. Il savait que je n'en avais pas envie. » Cela lui rappela l'homme qui s'était installé dans Hyde Park. Il avait posé une pancarte sur sa table : « Pour deux shillings, j'écouterai le récit de vos malheurs. » On faisait queue devant sa boutique. Elle se prit à rire à ce souvenir.

— Excusez-moi, Franz... Ne me demandez pas pourquoi je ris. Et offrez-moi un second café, je n'ai pas l'intention de dormir pendant ma dernière nuit romaine !

— La dernière ?

— Je pars demain.

— Non, dit-il plus sourdement qu'il n'aurait voulu. Je refuse de vous perdre à peine découverte !

Elle le regarda tranquillement :

— La terre n'est pas assez vaste pour qu'un homme puisse y perdre la femme à laquelle il tient.

Il se mit à rouler sous la pulpe de ses doigts la chair du poignet d'Isabelle. Elle sourit à un point au-dessus de l'épaule de son vis-à-vis et il ne comprit ce sourire qu'en la voyant avancer la main pour cueillir un œillet tendu entre les deux pots d'arbustes, derrière lui.

L'adolescent avait les hanches étroites, le visage grave et les magnifiques yeux tristes qu'ont les jeunes Romains. Un faisceau d'œillets multicolores reposait sur son bras gauche. Il tendait ses fleurs une par une aux dîneurs, en prenant soin de ne pas empiéter sur la terrasse du restaurant, délimitée par des baquets de bois où vivotaient des troènes secs de soif.

— Il les vendrait plus aisément en venant de ce côté, remarqua Franz.

— *Perché non viene qui ?* demanda Isabelle au garçon.

— *Il cameriere non vuole ; ama soltanto le ragazze !*

C'était dit avec résignation, fruit d'une longue fréquentation de la misère et de l'injustice.

— Le serveur ne veut pas. Il n'aime que les filles, traduisit Isabelle.

Elle effleurait de ses lèvres la corolle au parfum poivré. Franz donna cinquante lires au jeune homme.

— Oh ! je vous oblige à m'offrir une fleur. Je suis confuse, dit-elle.

— Vous ne croyez pas une seconde à votre confusion !

Elle rit :

— Manqué ! Je jure de ne plus m'essayer aux bonnes manières : personne n'est dupe.

— Vous lui avez porté chance...

Le professeur suivait le jeune Romain du regard.

Le garçon aux œillets circulait maintenant entre les tables. Les dîneurs l'avaient appelé et il avait franchi l'enceinte sacrée. En passant devant le serveur, il lui avait planté dans les yeux son regard noir, sans bravade mais avec résolution. L'autre le surveillait avec une fausse bonhomie.

— Le fleuriste aura des comptes à régler après la fermeture, dit Franz.

— Sous forme de dîme prélevée sur la recette, soyez tranquille ! répliqua Isabelle. Si nous partions, ajouta-t-elle. J'adore cet endroit, mais je m'y sens moins bien depuis que je n'ai plus faim. Rien de pire pour une gourmande que de se trouver rassasiée dans un lieu de délices où de nouveaux venus arrivent sans cesse avec appétit.

— Partons si vous le désirez mais je vous préviens : je ne suis pas décidé pour autant à vous rendre votre liberté !

— Vous l'aurais-je demandée ? dit Isabelle.

7

Sortis du halo brillant de la terrasse, ils furent happés d'un coup par l'ombre de la place. Isabelle fit monter à Franz les marches de l'église tapie dans la nuit.

— Maintenant, retournez-vous ! dit-elle.

Ils avaient devant eux le décor gracieux de la place San Ignazio. Plat, raffiné, léger : décor de théâtre. Il semble qu'on puisse le démontrer à son gré pour aller le ranger au magasin des accessoires. A chaque instant, on s'attend à voir Colombine ouvrir une fenêtre, Arlequin grimper au balcon en remontant la coulée des géraniums lierres. Le relief est si discret qu'il semble avoir été esquissé au pouce, dans un souci de suprême élégance, par un artiste dilettant.

— Je n'avais pas su découvrir seul cet endroit ravissant dit Franz de sa voix lente.

Et il se tourna vers Isabelle.

Appuyée contre la porte de l'église, elle ne prêtait plus attention au décor qu'elle savait par cœur. Elle regardait l'homme. Lui ne distinguait pas l'expression du visage noyé d'ombre, mais l'attitude d'Isabelle exprimait l'attente.

Il se pencha. Elle eut, pour éviter le contact des lèvres de Franz, un geste maladroit, renversa brusquement le buste en arrière ; sa tête heurta le bois de la porte. Mais elle ne s'écarta pas davantage.

« Elle vient d'agir comme un chat capricieux, pensa-t-il. On tend la main pour une caresse, il se met à l'abri d'un bond mais reste à proximité, partagé entre la malice de fuir et le désir de se laisser prendre ».

— Pardon, dit-il sans conviction.

— Une pièce de monnaie ! Vite, une pièce de monnaie !

— Quoi ?

— Une pièce de monnaie... pour empêcher la bosse !

Elle se frottait le crâne avec énergie. « Décidément, elle se moque de moi ! » se dit-il. Il eut envie de l'attirer contre lui et de l'embrasser de force. Tout de même, il avait passé l'âge de ces jeux.

— Tenez, dit-il avec mauvaise humeur en lui tendant dix lires. Et n'espérez pas que je m'excuserai davantage. J'avais cru comprendre que nous n'avions plus rien à nous dire avant...

— C'est vrai, coupa-t-elle, nous n'avons plus rien à nous dire mais... non... Pas encore !

— Je vous imaginais impatiente.

— Je le suis. Mais j'aime faire durer une promesse jusqu'au moment où elle est prête à se réaliser. Franz, je suis sûre que vous comprenez.

Et d'une voix chargée qu'il ne lui connaissait encore, lentement, elle récita :

— « Nous nous rappellerons cette heure-là plus tard. C'est l'heure où vous ne m'avez pas embrassée. »

— Quelle jolie phrase !

— Vous aimez Giraudoux ?

— Cette phrase est de lui ? Dommage.

— Au fond... elle est presque de moi... Puisque je l'ai choisie pour m'en souvenir.

8

Par l'étroite rue del Seminario, ils revenaient vers le Panthéon. Franz avait glissé sa main sous l'imperméable qui couvrait Isabelle pour emprisonner son coude. Ce coude tremblait un peu.

En plus des touristes, les Romains étaient dans la rue, s'étalant dans la fraîcheur délicieuse après la journée torride. Un gros concierge avait sorti sa chaise et, assis sur le pas de sa porte, bavardait avec les voisins. Les jeunes se promenaient bruyamment, bras dessus, bras dessous, par cinq ou six, les bandes de filles hypocritement séparées des bandes de garçons. Mais les garçons ne ménageaient pas leurs commentaires sur le passage d'*una bella ragazza*. Ils se retournaient, et, harcelants comme des tiques, assaisonnaient leurs effronteries de gestes vigoureux. Les distributeurs de crème glacée fonctionnaient à ruban continu.

— Le plaisir consiste à obtenir de la vendeuse un cornet surmonté d'un dôme dont la pointe s'étire aussi haut que possible, remarqua Isabelle en souriant.

— Sacrifions à la coutume ! dit Franz en l'entraînant vers un distributeur.

Ils sourirent du même sourire en rencontrant leurs silhouettes dans la glace d'un magasin de chaussures.

— Ce cornet de glace est assez mal assorti à mon air de professeur, observa Franz, mais il vous va très bien !

— Oh moi ! J'ai l'air adaptable à toutes les folies !

— Vous avez l'air délicieuse ! J'ai un aveu à vous faire : quand je vous ai vue pour la première fois, dans la salle à manger de l'hôtel, je me suis demandé si vous étiez vraiment jolie ? Et puis, j'ai reconnu que ma question était stupide et que la réponse serait dépourvue d'intérêt. On ne s'interroge pas en vous voyant : *on y vient*. Oui, vous êtes délicieuse ! Je ne trouve pas d'expression plus juste.

— Je suis folle ! Voila l'expression juste ! Enfin, folle comme on dit qu'une herbe est folle : libre, exubérante. Sans discipline. Je ne prétends pas que cela soit une qualité, mais ça doit être une séduction. Les fous sont séduisants, non ?

— Quelquefois, dit Franz avec effort.

Isabelle le regarda et se souvint du drame qui avait bouleversé la vie du professeur.

« Je n'en manque pas une ! » se dit-elle, furieuse. Elle se rapprocha de Franz jusqu'à le toucher :

— Vous voyez bien que je suis folle, murmura-t-elle très bas. Je dis ce qui me passe par la tête et je réfléchis après.

Sans répondre il lui serra le bras plus fort. Elle sentait contre sa hanche le roulis de la cuisse de Franz. Un bien-être s'installait en elle, anesthésiait ses facultés de penser. Elle n'était plus que toucher, vue, odorat.

Des relents de friture émanaient des vieilles maisons. Les effluves des ragoûts de poivrons transperçaient, joyeux, l'odeur de graisse.

Par les portes ouvertes, on apercevait dans les cours des guirlandes de linge : l'ombre en était trouée. On devinait une humanité entassée, vivant en désordre sur un perpétuel fond sonore. La poésie de la misère. Poésie pour les étrangers qui passent, misère pour ceux qui demeurent.

Les promeneurs devaient se ranger contre les murs pour faire place aux motos qui circulaient au milieu des piétons, dans une dangereuse familiarité. Les pétarades secouaient l'air et les tympans. De temps à autre, un conducteur hurlait : « *Attenti' ! Attenti' !* », serpentait sans ralentir entre les groupes qui l'injuriaient, emportant dans sa course dansante une fille rieuse, posée en amazone, jambes croisées, ses talons ballant dans le vide.

— Comme ils aiment crier, remarqua Franz.

— C'est un plaisir gratuit ! Les avertisseurs sont interdits dans la ville. Rome est *zona del silènzio* : vous en étiez-vous aperçu ?

Ils se mirent à rire ensemble, autant parce qu'ils se sentaient heureux que pour ce qu'elle venait de dire.

Dans une rue de Rome, le rire est contagieux : à les voir rire de si bon cœur, les promeneurs les plus proches les imitèrent, de confiance. La nuit était légère, l'heure fraîche, les *gelati* savoureux, l'humeur joyeuse.

— Franz ! que la vie est bonne à vivre ! s'exclama Isabelle.

— Aussi n'en perdent-ils pas une bouchée. Je me demande s'ils dorment parfois ? Leur façon d'employer la nuit me tient éveillé les trois quarts du temps.

— On ne peut pas dormir à Rome, c'est un fait. Mais vient-on à Rome pour y dormir ? Quant aux Romains, ils sont vaccinés !

— Ah ! dit Franz, c'est vrai : déjà du temps de Juvénal, on se plaignait ici de ne pouvoir fermer l'œil en ville, alors !...

Ils étaient arrivés sur la place du Panthéon où Franz avait garé sa voiture. Un concert de miaulements montait de la fosse aux chats.

— Armée du Salut pour matous romains, dit

Isabelle en se penchant par-dessus le rempart qui clôt le fossé.

Groupés par familles, les bêtes se disputaient déchets et croûtes lancés par les mains compatissantes de demoiselles solitaires.

— Les chats errants de Paris reniflent le pain avec dédain, ceux de Rome se jettent dessus. Il ne fait pas bon être mendiant ici : les aumônes n'y sont pas luxueuses, remarque Isabelle.

Elle ajouta :

— J'aime les chats.

— J'en suis sûr : vous leur ressemblez, dit-il.

9

Laiteuse sous les feux des projecteurs, la place du Capitole sommeillait.

Isabelle avait entraîné Franz au bord de la terrasse étroite qui domine le Forum. Les promeneurs à pied étaient rares. En revanche, les fiacres de location se succédaient, hissant par la montée Tarpéienne leurs duos de touristes jusqu'au point de vue trois étoiles.

Un long moment ils se divertirent à observer le manège du vendeur de souvenirs posté contre le muret de protection. Le jeune homme se décollait du parapet au claquement des sabots du cheval sur le pavé. On devinait l'effort de l'animal pour prendre le virage raide en épingle à cheveux, puis l'équipage apparaissait, roulait sur le plat, s'immobilisait au-dessus de la ville morte, pétrifiée dans la nuit. On percevait le crissement du patin de frein sur lá roue.

L'homme aux souvenirs s'avançait vers le marchepied et récitait son Forum d'une voix unie, pointant de l'index les vestiges intéressants. Son commentaire achevé, il déployait d'un coup un dépliant photographique. Quelquefois, le client sortait un billet de sa poche. Plus souvent, il ne prenait que le boniment gratis. Alors, sans mauvaise humeur, le visage impassible, le camelot repliait sa bande de vues d'un mouvement du poignet droit, souple et mesuré, agile comme celui d'un prestidigitateur.

Le cocher lâchait la bride, le fiacre s'ébranlait, décrivait sur la terrasse une courbe grinçante et redescendait au trot. Le vendeur reprenait sa faction près de sa réserve de dépliants empilés sur le mur. De nouveau, des sabots claquaient au loin et la scène se renouvelait, identique dans ses moindres détails. Le jeu était réglé comme une mécanique d'horloge, avec sortie des automates qui venaient occuper à l'instant précis, pour un temps calculé, des postes exactement déterminés.

Isabelle se sentait fondre de pitié à chaque vente manquée. Elle ne s'était jamais habituée au spectacle d'un homme travaillant sans joie. L'immense et quotidien héroïsme nécessaire à ceux dont la tâche demeure une peine étrangère à eux-mêmes la bouleversait. « Et ils ne savent même pas qu'ils sont des héros, pensait-elle parfois ; parce qu'ils travaillent avec dégoût quarante heures par semaine pour gagner de l'argent, ils se prennent pour des gens raisonnables. »

Il lui était arrivé de revenir sur ses pas pour échanger deux phrases avec un balayeur qui dégageait les allées d'un jardin public à l'automne. Pour qu'il ne se sentît pas seul, dissous dans sa corvée monotone, seulement pour qu'il sût qu'on l'avait vu entasser des feuilles mortes et qu'on trouvait *utile* d'entasser des feuilles mortes.

Elle s'approcha du Romain :

— Les affaires marchent ?

— Pas mal. La place est bonne.

— Pas l'hiver ?

— L'hiver... ça ne vaut pas la peine de venir.

— Vous travaillez ailleurs ?

— Faudrait trouver. L'hiver, j'attends l'été. Travailler la moitié de l'année, c'est déjà beau ! Faut pas trop demander.

— Bien sûr, dit-elle, *faut pas trop demander*. Les touristes doivent être plus nombreux dans la journée ?

— Plus nombreux, mais plus voyage organisé. En groupe, ils se défendent mieux. Et puis, le jour, la place n'est pas à moi.

— Ah ?

— Non. Le vieux à qui je l'ai *achetée* n'avait déjà droit qu'à la nuit. Mais je ne suis pas mécontent. D'abord, y a la vue.

Il se retourna vers le Forum endormi. A coups de

pinceau blêmes, les projecteurs tiraient deux ou trois vestiges du néant. Les arcs de triomphe surgissaient, chevauchant la nuit ; autour d'eux, dans un halo de pénombre clair, se devinaient les fantômes des débris anonymes. Des lueurs bleues, des ombres dégradées jouaient dans la ville écroulée à des jeux ravissants.

— Vous n'êtes pas blasé ? murmura Isabelle.

— On ne peut pas, dit le Romain, doucement.

— Non, on ne peut pas, dit-elle plus bas.

Sa main chercha à tâtons, sur l'appui de pierre grenu, le contact de la main de Franz.

Le paysage glacé la pénétrait jusqu'au cœur. Elle se raccrochait des yeux, fixement, à ce qui semblait la seule manifestation de vie d'un monde lunaire : la colonne de Phocas, isolée des fouilles par le choix d'un projecteur, palpitait dans la lumière, comme douloureuse d'être l'unique survivante d'un cataclysme.

Une angoisse monta en Isabelle, angoisse connue et qui lui était chère. Elle posa une main sur son cou, là où s'était coincée une boule qui ne passait pas. L'heure et le lieu, d'un romantisme échevelé, la modelaient comme le poids du désir de cet inconnu. Elle se laissait submerger, à demi inconsciente, à demi consentante.

« L'heure de l'impatience exquise, pensa-t-elle dans un éclair de lucidité. L'heure où l'amant promis atteint son point de perfection. »

10

Ils avaient abandonné la voiture au garage de l'hôtel. Mais ils continuaient de baguenauder dans les rues voisines, par peur de franchir ensemble la porte du *Bologna*, conscients de la signification que pourrait prendre ce geste. Incapable de se quitter.

Plus leur promenade s'allongeait, plus elle devenait machinale, exaspérante comme un plaisir qui dure trop. Enfin, ils se retrouvèrent à l'angle de la rue Santa Chiara.

— Je suis au bord de l'épuisement, je demande grâce, dit Isabelle.

Leurs chambres étaient situées au même étage. Dans l'ascenseur qui les enlevait, Franz regardait le mince visage, les yeux cernés par la longue marche, la bouche pâle au maquillage mangé, la frêle silhouette engoncée dans le trench-coat qu'elle n'avait pas ôté. Une vague de tendresse vint adoucir son désir d'elle.

Sur le palier du troisième étage, il posa ses deux mains sur les épaules d'Isabelle, la dégagea du vieil imperméable :

— Alors... bonsoir ?

On discernait dans sa voix basse une interrogation légère qui s'adressait peut-être plus à lui-même qu'à elle.

Il lui chargea les bras de ses appareils photographiques.

— Sans vous, je les aurais oubliés dans le coffre, remarqua-t-elle. A Rome, c'est risqué.

L'indifférence envers ses appareils, était, pour Isabelle le signe d'un grand trouble.

— Bonsoir, dit-elle enfin sans sourire.

Baissant les paupières, elle s'en fut vite vers la chambre 62.

La chambre 62 sentait la *peperonata.* La fenêtre, grande ouverte, avait gobé les odeurs d'une cour intérieure. Isabelle courut la fermer avant d'éclairer pour éviter l'invasion des moustiques.

Pour lui prouver qu'il ne servait de rien à Rome de se loger sur cour pour essayer de dormir, un phono se mit à brailler à coups d'éclats nasillards :

Vola, colomba bianca, vola...
Diglielo to che tornerò.
Dille che non sarà piu sola...

— *Sola*, soupira Isabelle en passant dans la salle de bains. Le mot lui était d'une insupportable mélancolie.

Elle avait revêtu son peignoir de soie bleue et rêvait, les yeux ouverts, assise sur le tabouret de bain, ses pieds nus gonflés, palpant le carrelage froid, les bras croisés sur l'émail du lavabo, le menton écrasé sur son poignet gauche. Le bruit de l'eau qui coulait violemment dans la baignoire par les robinets ouverts à fond lui plaisait, anesthésiant sa lassitude. Elle n'avait plus aucun courage, pas même celui de faire glisser son peignoir pour entrer dans l'eau. Elle eut le réflexe de fermer les robinets à temps pour éviter l'inondation. Aussitôt, elle entendit le ronflement insistant du téléphone.

— Mais oui, bien sûr, Franz, s'exclama-t-elle, allégée soudain de sa fatigue.

Elle se jeta d'un bond sur le lit et décrocha le récepteur :

— *Pronto ?*

C'était le portier : il avait oublié de lui remettre une lettre, il s'excusait « *mille volte, Signora* », pouvait-il la faire monter *subito Signora* ?

— *Si, subito*, dit-elle.

Atterrée. Elle était atterrée. Elle avait oublié de réclamer au portier, comme chaque soir, la lettre d'Etienne ? Elle était donc mauvaise, incurablement mauvaise, égoïste, légère, sans cœur et sans foi ? Elle savait pourtant qu'Etienne écrivait tous les jours, quelle que fût l'urgence de ses occupations. Elle ne croyait pas pouvoir vivre heureuse sans cette lettre quotidienne et voilà que, suspendue à la présence de cet inconnu...

— *Avanti !* cria-t-elle.

Le veilleur de nuit entra, déposa la lettre sur la table de chevet.

11

Couchée sur le ventre, une main fourrageant ses mèches ébouriffées, apaisée, détendue, Isabelle relisait pour la troisième fois la lettre de son mari.

Etonnant comme Etienne savait la câliner à distance, recréer avec des mots la tiédeur et le calme de l'appartement clair, le rosier jaune de soif : « Tu m'excuseras, j'ai oublié de l'arroser » et ses ennuis avec le plombier. Minouche est rentrée d'une fugue avec une oreille amochée. (« Et des petits, peut-être ? Quelle scie ! »). Madame Ducros est venue chercher sa robe jaune pour la raccourcir. (« Tout de même ! Depuis le temps ! ») On a livré le charbon...

Etienne trouvait tant de choses à raconter ! Cette aptitude émerveillait sa femme. Isabelle n'aimait pas écrire : elle ne trouvait rien à dire. Au début de leur mariage, elle avait essayé, quand elle était loin de son mari, de lui faire partager ses impressions, les incidents de son voyage. Mais elle avait vite renoncé à ce pensum qu'elle s'infligeait sans que le résultat la satisfît. Ses pensées lui échappaient dès qu'elle tentait de les enfermer dans des mots. Elle relisait sa phrase laborieusement écrite et le fait lui apparaissait si décoloré, si peu ressemblant, qu'elle déchirait aussitôt sa feuille. L'impossibilité de traduire la mobilité et l'acuité de ses sensations la décourageait jusqu'aux larmes. Elle avait l'impression d'être une couturière travaillant de la mousseline de soie. « Ce n'était pas tout à fait de cette couleur. Il y avait dans le ton quelque chose de plus... de moins... Enfin bref, c'est inexprimable », concluait-elle.

C'est pourquoi, elle se contentait de donner de ses nouvelles, en ajoutant : « J'aurais voulu que tu sois là. » Ce lambeau de phrase disait qu'en sa présence, elle aurait pu, d'un regard, d'un geste, d'un mouvement de sa lèvre, lui communiquer dans le silence, l'incommunicable.

Les lettres que recevait Etienne, monotones, courtes, banales, reflétaient aussi peu que possible l'être impressionnable, original, expansif, qu'était sa femme.

12

Attendrie, les yeux vagues, Isabelle s'étira sur le lit pour attraper le récepteur qui sonnait de nouveau.

Depuis cette longue, trop longue demi-heure qu'il l'avait quittée, Franz avait mis au point une ingénieuse entrée en scène : il était question de bruit infernal sous ses fenêtres, d'insomnie, et d'une eau minérale si fraîche que le comble de l'égoïsme serait d'en profiter seul.

Les dents de loup d'Isabelle brillèrent le temps d'un éclat de rire :

— Moi, je n'ai pas sommeil et j'ai très envie de vous voir, répondit-elle.

Elle perçut le mouvement de Franz, penaud de ses précautions inutiles.

— Attrapez votre *San Pellegrino* par le col et apportez-la, acheva-t-elle. La *peperonata* que je déguste par le nez et ma réserve de chocolats la réclament.

Franz posa sur la table un verre et la bouteille qui crachait encore de microscopiques gouttelettes d'eau glacée.

Dans le bleu lavé de ses yeux, il y avait une émotion trouble et de l'incertitude.

Isabelle dit :

— Les bulles, les bulles ! Où est le bouchon ?

Il retourna chercher la capsule oubliée. Elle l'attendait assise au pied du lit, ses jambes entortillées de soie ramenées contre elle, les doigts enlacés devant ses genoux. Elle mâchonnait un chocolat ; la couverture beige était parsemée de boules de papier d'aluminium multicolores. Elle semblait trouver la présence de Franz dans sa chambre au milieu de la nuit si naturelle qu'il sentit fondre sa gêne.

Isabelle avait le don de repousser loin d'elle les pensées équivoques. Non qu'elle ne songeât en cet instant : « J'ai envie d'être dans les bras de Franz ». Simplement, l'envie d'être dans les bras de Franz lui paraissait une réaction saine, heureuse, n'entraînant ni méditation ni remords préalable. Isabelle ne connaissait pas le remords. L'éducation n'avait pas réussi à l'introduire en elle. Comme Eve avant la pomme, elle ignorait ses péchés. Quant aux remords « préventifs » ...!

Dans la cour, un disque rayé chantait *Santa Lucia* :

Sul mare lu... ca
L'astro d'argent-en-to
Placida è l'onda
Pros... ro il vento...

— Notre sérénade a le hoquet, dit Isabelle en riant. Evidemment, il y a mieux.

Franz dit qu'il se souviendrait toujours d'une *Santa Lucia* à soubresauts portée par des effluves de poivrons frits.

— Les choses demeurent en moi longtemps, Isabelle. N'avez vous pas des bouffées odorantes ou sonores qui remontent de votre passé ?

— Moi ?... Je n'ai pas de passé !... Enfin, plus exactement...

— Vous oubliez !

Elle réagit vivement :

— Je n'oublie pas, non. Je n'oublie rien, ma mémoire est fidèle. Cela m'a toujours étonnée : j'enregistre les détails les plus insignifiants. Mais je dois enregistrer comme mon Rolleiflex : sur plaques ! C'est net, bien cadré et classé. Les gens qui montrent leurs photographies de vacances aux amis sont d'une espèce étrangère à la mienne. Je ne regarde jamais mes propres clichés. Bref, j'ai des archives, mais pas de souvenirs. Je m'explique mal ?

— Je comprends si bien !

— Grâce à vos élèves, vous avez l'habitude des confidences maladroites.

— Mes élèves sont grands. Je peux imaginer que vous avez leur âge.

— C'est terrible, n'est-ce-pas ? dit-elle. Je ne vieillis pas. Je n'arrive pas à vieillir. Quelquefois, pas souvent, cela me fait peur !

— Peur ?

— Peur, parce que j'ai *besoin*, comme les enfants, qu'il m'arrive toujours quelque chose de neuf, de fort, de jamais goûté. Je m'entraîne en avant. Et je me dis qu'un jour va venir, où la distance devant moi sera trop courte pour y projeter un désir, une espérance. Vous avez déjà observé les gens âgés ? Ils ruminent sans fin leur passé, se nourrissent de cadavres. Moi, je n'aime pas les histoires arrivées, je n'aime que les histoires qui vont arriver. Dépouillée d'avenir, je serai trop misérable.

Sa voix s'était altérée. Elle était misérable en pensant à cette échéance. Ses ongles arrachaient de l'écume beige à la couverture.

Franz recueillit dans les siennes la main nerveuse et la caressa de ses lèvres :

— Ne souffrez pas d'avance. Votre âme ne vieillira pas, Isabelle. Il y a trop de véhémence en elle. J'ai appris que plus on va vers le terme, plus le champ de son action s'ouvre large devant elle.

— Merci bien ! dit Isabelle. Vous m'offrez la vie de l'âme dans un corps noué par les rhumatismes. Maigre consolation !

— Le mûrissement est une chose lente, bonne, riche, juteuse.

— Eh oui ! pour les pêches ! dit-elle.

— La jeunesse est souvent une saison pauvre. Erreurs, gâchis, fanatisme. Je vis parmi des jeunes, ne l'oubliez pas.

— Je ne l'oublie pas. Je vois que vous avez découvert des arguments philosophiques pour vous consoler de n'être plus assis sur les bancs à côté d'eux ! Jeunesse « ou » sagesse. Moi, je n'ai pas la tête philosophique. Je vois bien que j'en suis réduite à jeunesse ou vieillesse.

Il l'enveloppait du regard, cherchant à l'imaginer en petite vieille ridée. C'était difficile : il pouvait penser qu'elle aurait la silhouette menue, l'air fragile prêt à casser des petites vieilles inusables. Et puis, sous la couronne blanche des cheveux, ce regard ingénu des femmes qui ont beaucoup aimé.

— Je ne sais rien, Franz, rien. Je n'ai rien appris ! Je n'ai rien de prêt pour vivre dans un fauteuil ! Immobile, dure d'oreille, la vue basse, je deviendrai vide comme une statue !

Avec sa moue de dégoût, elle était déjà la statue de la désolation. Il rit :

— Vous avez l'imagination fertile en infirmités. Et puis, peut-être n'avez-vous pas appris... mais vous savez tant !

Elle arrondit la bouche et les yeux avant de pouffer si joyeusement que l'occupant de la chambre 63 frappa contre la cloison.

— Passez-moi un chocolat, dit-elle en baissant le

ton. C'est bien la première fois qu'un professeur me dit ça ! Vive l'école autrichienne !

— Je ne me moque pas.

— J'en suis sûre. Vous êtes seulement un peu...

Elle se mordit la lèvre pour retenir le mot : « amoureux » et acheva vite :

— Vous avez en ce moment une optique qui métamorphose mon ignorance crasse en innocence. Ce n'est pas pour me déplaire, j'adore l'injustice... comme tout le monde.

— Oh !

— Ne faites pas semblant d'être choqué. Vous seriez haïssable si vous n'étiez *que* juste envers la femme. Enfin envers moi. Il faut être un peu plus.

Elle lui jeta un paquet de Camel. Elle avait envie de le voir fumer. Pour allumer sa cigarette, il projetait la mâchoire inférieure légèrement en avant ; ses paupières baissées cachaient la tendresse des yeux. L'éclat du briquet illuminait une seconde le front puissant. Il ne restait plus, dans ce visage privé de la suavité du regard, qu'une intense virilité.

« Au fond, les femmes n'aiment pas la douceur, pensa-t-elle, elles aiment la violence mise en veilleuse. Le lion qu'elles font ronronner en lui caressant la crinière. Cela lui rappela un tableau de Rubens *L'Enlèvement des nymphes*. Elle l'avait vu au lycée, pendant une séance de projections en couleurs sur l'Ecole hollandaise. Les nymphes aux chairs nues, blanches, roses et grasses se débattaient mollement entre les bras cuirassés des cavaliers. « Ce qu'elles ont l'air contentes ! » avait remarqué Isabelle tout haut. Des rires avaient fusé. Le professeur de dessin n'avait pas relevé l'observation.

— A quoi pensez-vous ? dit Franz.

Elle eut, dans la gorge, le roucoulement d'un rire avorté :

— A des nymphes surprises. Ne cherchez pas le rapprochement avec ce que nous disions.

Il soufflait dans la chambre des serpentins bleuâtres de tabac blond.

— J'ai souvent réfléchi au problème de la connaissance, reprit-il.

— Ah oui ? fit-elle d'un ton traînant.

Son inquiétude était perceptible. Si perceptible qu'il sourit :

— Je vous ennuie ?

— Pas encore.

— Apprendre ou ne pas apprendre ? Ce qu'il faut, c'est savoir. J'ai l'impression que vous vous promenez dans la vie en sachant beaucoup de choses. Disons qu'elles vous sont révélées.

— Ah oui ?

— Nous enseignons, bien sûr. Mais c'est seulement au-delà de ce que nous enseignons que se manifeste le génie.

— Au-delà ?! Oh ! pour moi, il faudrait que ce soit « en-deçà » !

— Au-delà... en deçà... au-dehors. Croyez-vous qu'on ait beaucoup donné à Mozart en lui enseignant le solfège ?

— Miséricorde ! Ne me prenez pas pour le Mozart de la photographie ! Je n'ai pas de génie. Rien qu'un talent monnayable. Et je me suis bien débrouillée. Mon talent, c'est... Mais passez-moi d'abord les chocolats. Une conversation si intellectuelle nécessite du carburant. Merci. Je vous recommande ceux au curaçao, ils sont délicieux.

— Votre talent ?

— Mon talent, c'est de voir le détail ordinaire que les autres ne verraient pas et qui illumine le reste. On croirait que les gens viennent au monde avec des yeux de série.

— Vous voyez bien que vous avez la connaissance.

— Si c'est cela la connaissance... J'ai été une étudiante incomprise !

— C'est que nous autres professeurs, jugeons de trop près d'après des critères passe-partout... avec un crayon rouge à la main.

— Vous êtes des rêveurs, vous vous plaisez au milieu des choses abstraites. Quand j'avais dix ans, j'ai eu une mauvaise note pour avoir écrit que le soleil se levait derrière le poulailler du voisin.

— C'était charmant !

— C'était vrai. Ma vérité n'a pas plu ! Pourtant, « l'Est », qu'est-ce que c'est ?

— A dix ans, évidemment...

— Et à mon âge... Et maintenant ?

— Nous enseignons une vérité bonne pour les trente ou quarante bonshommes assis devant nous. A chacun plus tard d'en tirer sa vérité.

— Sa vérité ? Vous êtes optimiste ! Vous croyez à la constance des êtres ! Il faudrait dire : « ses » vérités, pour moi, au moins. Mon soleil ne se lève plus derrière un poulailler ; il se lève généralement au-dessus de la Banque de France. Ce soir, il s'est couché au pied du Janicule. Où se lèvera-t-il demain ?

— Votre vérité n'est pas ce qui ne change jamais en vous... mais ce à quoi vous revenez le plus souvent.

— Vraiment ? Alors ma vérité est celle du soleil de demain. Vive les soleils à vivre !

Franz s'était levé. Appuyé à la commode, il détaillait le profil d'Isabelle. Il soupira :

— J'ai perdu l'habitude d'espérer que demain ressemble à autre chose qu'à cet aujourd'hui calme. Ni changement ni heurt, je crois que mon désir se borne à cela.

— Ni changement ni heurt. Quelle horreur !

— Quel repos ! dit-il en contrepoint. Et pourtant, cette nuit...

Il passa derrière Isabelle pelotonnée au pied du lit et la tira par les épaules, doucement, jusqu'à ce qu'elle laissât rouler sa tête au creux de son estomac. Elle s'abandonna une seconde.

— Je meurs de soif ! S'il vous plaît, fit-elle avec un rire forcé en ce dégageant.

— Une bouteille d'Asti ?... A la place de cette bouteille d'eau presque vide et chaude ?

Pour toute réponse, elle décrocha le récepteur du téléphone et le lui tendit. Se ravisant, elle porta elle-même le combiné à sa bouche :

— *Pronto ?* Voulez-vous me faire porter une bouteille d'Asti et deux verres, s'il vous plaît ? Très frais, *freschissimo* !

— Pour mon standing vis-à-vis du portier. Depuis la chambre 62, on ne doit entendre qu'une voix : la mienne, dit-elle, digne, en raccrochant.

— Une voix et deux verres ?

Elle s'immobilisa un instant, bouche ouverte. Puis elle fut prise d'un fou rire qui réveilla une nouvelle fois l'occupant de la chambre 63.

13

L'Asti pétillait. Il était fruité, sucré – trop – et glacé – presque trop.

Elle buvait en serrant les dents ; elle tétait le vin mousseux à petites gorgées. Elle n'avait jamais su boire autrement : en avalant franchement, elle s'étranglait.

— J'adore ! dit-elle avec un sourire gourmand en tendant sa flûte à remplir.

— Nous en boirons demain à Tivoli... C'est avec vous que je veux découvrir cet oasis.

Elle secoua la tête :

— Vous savez bien que demain je m'envole. Mais la séduction de Tivoli se suffit à elle-même.

Elle l'avait oublié, absorbée qu'elle était dans le savoureux présent. Mais, parce qu'elle venait de dire :

« Demain, je m'envole », l'image de son départ si proche se dressa entre Franz et elle.

Elle se mit à contempler l'homme debout avec la ferveur avide dont on contemple ce qui va vous être arraché.

La chaleur était telle que Franz était en chemise grège, sans cravate. Par la chemise déboutonnée du haut, Isabelle voyait l'attache du cou et un triangle aigu de peau nue. Elle avait envie d'ouvrir le col, de voir *toute* cette poitrine, de la toucher. Elle respirait plus fort, comme pour en aspirer le goût dans sa bouche. L'envie de crier : « Je t'aime », montait en elle comme une houle. Ses yeux pâlirent.

Franz se pencha sur le visage offert. Il vit les iris brun clair se marbrer de traînées vertes. Emprisonnant la tête d'Isabelle entre ses deux mains il demanda doucement, avant de l'embrasser :

— De quelle couleur sont donc vos yeux ?

— Cela dépend...

Elle avait la voix changée, comme décolorée.

— J'ai une couleur... Elle pensa : « Pour être amoureuse », mais elle dit :

— Pour être heureuse !

Et elle ferma les yeux. Le monde bascula autour d'elle. De demeurer liée à Franz par son baiser, immobile au centre d'un vertige universel, lui procurait une sensation d'éternité.

Il reposa sa bouche humide sur une mèche argentée. Il entendait battre le cœur d'Isabelle. Son désir aigu se mélangeait d'une pitié pour cet être plein de séduction. Il lui prenait l'envie de la protéger contre elle-même, comme il l'aurait fait pour un de ses collégiens. Il la serrerait une dernière fois dans ses bras et il partirait. Alors, il pensa à la boucle grise chatouillant ses lèvres, à l'expérience des aventures qu'elle avait sans doute et l'idée insupportable d'être pris pour un imbécile le tarauda. Il dénoua la ceinture bleue du peignoir qui s'ouvrit... En même temps, il regrettait un geste qui venait trop tôt, il le savait. Mais ne partait-elle pas tout à l'heure ?

La soie glissa sur la peau claire d'Isabelle, découvrit les jambes repliées, une épaule et le haut du bras mince. La lumière qui tombait de l'applique électrique faisait luire comme une boule d'ivoire l'arrondi de l'épaule ; un voile de fine sueur lustrait le dos. Avant l'arrivée de Franz, elle n'avait pas eu le temps de se baigner, elle s'était inondé, le corps avec son eau de toilette au jasmin, mais elle transpirait de nouveau. Il sortait d'elle une odeur attirante de peau en été, de fleur chauffée au soleil.

La main de Franz chercha le sein nu. Contre toute attente, elle se défendit. Et alors que l'attitude abandonnée d'Isabelle l'avait un instant désarmé, sa résistance exaspéra dans l'homme le désir de conquête. Elle lutta pendant plusieurs secondes avec une véhémence accrue, puis soudain, d'une voix sans force, elle murmura :

— Je vous en prie... Je vous en supplie, Franz.

La voix d'Isabelle était haute et très jeune. Encore une fois, malgré lui, une vague de tendresse amollit Franz. Il relâcha son étreinte et planta son regard bleu dans le sien. Non, la défense d'Isabelle n'était pas feinte, sa respiration était affolée, ses yeux noyés de prière.

Libérée, elle leva un bras en arrière, se renversa sur le lit et demeura immobile, silencieuse, offerte maintenant qu'elle sentait le danger plus lointain. Elle négligea même de refermer son peignoir. Les bords du vêtement dérangé limitaient un couloir de peau coupé par la ceinture bleue. Le regard de Franz parcourait sans fin cette allée nue et elle en éprouvait un bonheur trouble. Elle ne fit pas un geste quand il se pencha pour déposer un baiser chaste sur le bout du sein rose et dur. Quand il se redressa, il lui vit les yeux pleins de larmes.

Combien de temps seraient-ils demeurés dans la contemplation muette et ravie l'un de l'autre si, sur un mouvement de Franz, une petite boule blanche ne fut dégringolée depuis le haut du traversin jusqu'à l'épaule d'Isabelle ? Il ramassa la chose et sourit à un ours en peluche porteur de médailles enfilées dans un ruban rouge :

— Votre garde du corps ?

— Mon fétiche !

Elle aussi souriait à présent. L'incident menu avait suffi à dissoudre l'extase. Isabelle prit un air mi-repenti, mi-pardonné :

— Pardon, Franz. Je vous fais passer une nuit ridicule. Une nuit de collégien. Une nuit non conforme à celle qu'on attend d'une femme qui demande à un inconnu de lui apporter de l'eau minérale dans sa chambre en pleine nuit. Mais j'avais vraiment très envie d'eau minérale. Je veux dire : encore de *votre* eau. Je n'avais médité aucun consentement, aucun refus. Me croyez-vous, Franz ?

— Je vous crois, Isabelle.

— Merci.

— C'est que je me souviens : « Nous nous rappellerons cette heure-là plus tard. »

— « C'est l'heure où vous ne m'avez pas dit que vous m'aimiez », continua-t-elle...

Sa voix resta suspendue, dans l'attente de la réplique qui tardait. Il se releva brusquement et se mit à marcher de long en large, pour échapper au sortilège des iris devenus presque verts, fascinants comme ceux d'une chatte ; pour ne pas dire ce qu'il ne voulait pas dire. Pas encore. En vain. La voix palpitante le poursuivit :

— Franz... Dites-moi que vous m'aimez.

Il appuya son front à la vitre de la fenêtre. Il fixait un rectangle de lumière découpé dans la nuit : une barre d'appui sur laquelle séchait du linge, le coin d'un fourneau avec une poêle à frire et une tresse d'oignons pendue à un plafond sale. Il tentait de s'intéresser à cette nature morte pour ne pas penser que cette femme lui faisait peur avec sa spontanéité qui la soudait d'un coup à son destin. En même temps, il percevait l'angoisse qui croissait en elle parce qu'il ne répondait pas. Il se retourna. Elle n'était plus qu'attente, comme quelques heures plus tôt sur la place San Ignazio. Seulement, dans cette chambre, il voyait son visage et il y lisait que l'attente était douloureuse. Etrange de réaliser combien il se sentait responsable de sa douleur, c'était comme s'il n'avait plus le droit de ne pas l'aimer. Il dit :

— Je crois que je vous aimerai.

— Je vous aimerai ?

Elle avait répété les mots d'un ton incrédule.

— Il faut longtemps à un être, Isabelle, pour avoir le droit de dire à un autre : « Je vous aime. »

— Je vous aimerai. Oh Franz ! mais... votre phrase est... tellement, tellement incompréhensible !

Le regard vert rayonné de brun se fit pathétique :

— Moi... jamais je ne pourrai vous aimer plus que maintenant !

Franz ne pensa pas : « seulement moins ? » Comment aurait-il pu conserver assez de lucidité pour le penser devant le visage d'Isabelle, éblouissant de sincérité ?

Pendant ses longues années solitaires, depuis qu'il avait vu, avec horreur, la femme aimée se dissoudre dans la folie, Franz ne vivait pas pleinement. Il vivotait, à l'intérieur d'une coquille d'habitudes, qu'il s'était sécrétée en guise d'abri. Avare de plaisirs sensuels, étouffante d'études trop copieuses, la suite de ses jours déroulait un sentier monotone qui côtoyait la vie. Et voilà qu'il avait saisi la main d'une femme qui entrait dans la vie comme la proue d'un navire dans la mer. Parce qu'il l'avait touchée, il sentait la pression de l'eau sur ses muscles, le vent du large sur son visage. Il redevenait un homme « désancré », avec un horizon ouvert.

Isabelle était appuyée contre le bois du lit, les yeux illuminés, frémissante dans son attente. Décoiffée, démaquillée, le visage creux de fatigue, elle était sans doute moins jolie, mais elle demeurait magnétique. Il la revit à l'instant où elle l'avait envahi, étirée contre la colonne, blanche à blesser les yeux dans sa robe de lin réfléchissant le soleil. Un élan irrésistible lui était venu de saisir cette flamme et d'en faire le foyer de sa vie. Comment emprisonne-t-on une flamme ?

Il s'assit près d'elle et l'attira par les poignets :

— Ma chérie, je ne suis encore qu'un inconnu pour vous.

— On cesse d'être un inconnu à la seconde précise où l'on est aimé.

Elle avait dit une chose si profondément vraie qu'il éprouva le besoin de se défendre contre cette évidence par une phrase raisonnable :

— Vous n'avez pas pris le temps de me juger.

— Je ne vous juge pas, Franz. Je vous aime !

Il se mit à marcher de long en large. Avec ses enjambées démesurées par rapport aux dimensions de la chambre, il avait l'air de buter sans fin contre les murs comme un oiseau entré par hasard dans une pièce et qui n'en trouve plus l'issue.

— Non, non, non, non, Isabelle ! Vous vous trompez ! Comment cet amour serait-il possible ?

— Je ne sais pas s'il est possible. Je sais qu'il est, voilà tout.

Il se planta devant elle, la saisit par les épaules, enfonça ses doigts dans la chair :

— Isabelle, vous êtes folle ! Vous êtes mariée. Vous n'avez pas le droit ! Pas le droit ! Comprenez-vous ?

L'être entier d'Isabelle s'était jeté dans le rond des épaules, que meurtrissaient les mains de l'homme. Une seconde longue coula. La pression se fit moins violente. Elle dit, dans un soupir :

— Pourquoi pensez-vous que l'amour est un droit ? Ai-je le droit d'attraper la typhoïde ?

Il la lâcha, décontenancé. De sa raison impuissante il se cognait à la déraison d'Isabelle. Et il s'entêtait dans sa rage de comprendre :

— Pourquoi m'aimeriez-vous, mon petit ? Que suis-je pour vous ?

— Tout !

Avait-elle remué les lèvres ? Le mot était sorti d'elle, sans effort, comme un parfum. Elle continua, douce :

— Vous posez des questions extraordinaires.

— Aimer n'est pas un mot qui s'explique.

Il s'approcha plus près et elle s'amusa à basculer son front, d'une tempe à l'autre, contre la ceinture de Franz. Il posa la main sur sa nuque :

— Je suis effrayé de vous voir aimer d'un coup si totalement.

— Chacun sa méthode. Mais croyez-vous que les autres aiment autrement... s'ils doivent aimer un jour ?

Il se le demanda. Il commençait à perdre pied, à entrer dans le monde d'Isabelle ; un monde peu habituel aux adultes rangés, où les sensations étaient pesées à l'état brut, sans analyse, sans étalon moral autre que la nécessité du bonheur.

Il lui caressait la nuque, mi-peau, mi-cheveux, et ne put retenir la question qui le brûlait :

— Mais... et votre mari, Isabelle ? L'aimez-vous ? Quand vous le retrouverez demain...

Elle étouffa un soupir agacé : ces gens qui vivent en avance d'un jour, d'un chagrin, d'un remords, l'exaspéraient ! Pour éviter de répondre – qu'aurait-elle répondu ? « Oui, j'aime Etienne mais ce n'est pas la même chose ? » Pourquoi ne dispose-t-on que d'un seul verbe pour aimer les fraises, une ville, la musique, un homme et un autre ? Elle écarta le tissu de sa chemise et mordit un morceau de chair, à pleines dents, juste au-dessous de la poitrine. Et aussitôt, elle sentit un appel violent jaillir d'elle. Elle avait dû se retenir pour ne pas aller jusqu'au sang.

Franz referma l'étau de son bras sur la tête brune mais ne bougea pas. Alors, elle lui en voulut jusqu'aux larmes et décolla sa bouche de la peau salée. Il la décevait, il l'encombrait. Elle ne savait plus si elle l'aimait ou s'il était un étranger. Si elle le désirait ou si son désir était déjà mort, de trop longue attente ou de satiété. Si elle allait le chasser ou arracher chemise et peignoir pour plaquer ses seins nus contre ce corps désespérément immobile. Elle était soûle d'énervement, de chaleur, d'insomnie. Quoiqu'elle choisît, se donner ou se refuser, tout serait manqué, tout lui laisserait un goût amer d'insatisfaction.

Ce fut Franz qui choisit. Il la repoussa avec une tendresse apaisante, la renversa sur le lit, caressa de la paume les yeux clairs de fatigue comme pour les fermer :

— Dors, mon amour, dit-il, le jour est très proche.

Sans abandonner la main d'Isabelle qu'il tenait, il fit maladroitement le tour du lit en se cognant aux montants et commença de reculer vers la porte, le buste penché vers l'avant.

A plat dos sur le lit, le bras allongé, les yeux mi-clos, le corps félin d'Isabelle s'étira au maximum pour accompagner le mouvement de Franz. Ils restèrent une longue minute immobiles, liés par le bout des doigts. Il la berçait de son regard bleu et elle sentait renaître, intact, son merveilleux amour au chaste goût de fiançailles. Puis il laissa aller le bras d'Isabelle qui retomba le long du lit de son propre poids.

Elle avait une expression indéfinissable. Il ne put doser la part qu'elle contenait de regret, de soulagement, d'espoir, de sommeil. Elle non plus ne l'avait pu.

Le matin de leur dernier jour blanchissait à la fenêtre.

14

Rome brûlait. Luisante de sueur, Isabelle cherchait à fuir la chaleur qui la suffoquait et devenait plus forte. Les flammes devaient commencer à l'entourer car une langue de feu atteignit sa cuisse. Elle voulut déplacer sa jambe mais elle était lourde, lourde, et elle ne pouvait y parvenir. Cependant, le feu mordait, toujours au même endroit, creusant plus profond dans la chair. Isabelle gémit.

Un ronflement sourd montait de très loin, approchait, enflait jusqu'à la toucher.

Isabelle émergea de son sommeil agité. Pendant quelques secondes, elle fixa, hébétée, le récepteur dont le ronronnement patient insistait. Enfin, d'une main gourde, elle le saisit, le cogna au marbre de la tablette avant de le porter à son oreille, et ânonna un mot inintelligible.

— *Buongiorno, Signora !* Il est neuf heures ! Il fait très beau. Votre petit déjeuner comme d'habitude ?

La voix du portier était animée comme celle d'un homme qui s'est levé tôt.

— *Si, grazie*, bâilla Isabelle.

Elle déplaça sa jambe gauche atteinte par le soleil qui entrait à flots. Les persiennes n'avaient pas été fermées. La chaleur était déjà intolérable dans la petite chambre. Elle se souvint d'avoir cherché longtemps son court sommeil, se tournant et se retournant cent fois, les pieds en quête d'un coin de drap frais. Le lit était saccagé. « Pour rien », pensa-t-elle avec une ironie qui ne visait qu'elle-même.

L'ours fétiche tomba sur le tapis quand elle se leva, pour tourner la clé de sa porte.

Elle but deux tasses de café, picora les boulettes de sucre qui décoraient les pains vénitiens ; elle les décollait en enfonçant le bout de l'annulaire dans la brioche et elle suçait son doigt. Sa tête était embrumée, sa bouche amère, ses traits tirés. Longtemps, elle laissa ruisseler la pluie tiède de la douche sur son dos et se sentit mieux.

Son bagage bouclé en dix minutes, elle se maquilla attentivement. De l'index, elle tenta, sans y croire, d'effacer les deux fins sillons creusés entre ses sourcils. Les rides reparaissaient, obstinées comme le temps.

« Passés trente ans, les visages se repassent mal en dormant. Je suis affreuse après une nuit trop courte, mon maquillage ne tient pas. Ce matin, j'ai l'air d'avoir... – elle eut un hoquet de tristesse – j'ai l'air d'avoir mon âge ! Fâcheux visage à laisser en cadeau d'adieu. Je vieillis tout de même. Quand on s'accroche à sa jeunesse au lieu de se laisser faire doucement, il y a des jours où l'on se retrouve avec son âge, d'un coup. »

D'un pinceau précis, elle se dessina des lèvres d'un rouge rose brillant. « Mon rouge va couler au soleil. C'est pour cela que les Romaines promènent leurs belles lèvres nues. Si j'étais un homme, j'aimerais les lèvres nues. Baiser d'adieu barbouillé ? Tant pis : pas de rouge. » Avec un tampon de coton, elle effaça sa bouche rose.

Dans la chambre, son pied glissa. Elle se baissa, ramassa une pièce de vingt lires tombée de la poche de Franz et joua à la passer et repasser d'une paume à l'autre avant de la placer dans son sac de cuir.

15

Dans le salon de correspondance, elle griffonna trois lignes et laissa le message au portier :

— Pour la chambre 70.

L'homme dissimula un sourire du coin de la bouche. Isabelle le foudroya du regard :

« Idiot ! » pensa-t-elle.

Elle avait horreur des sous-entendus. « Il y a de ces gens, on croirait qu'ils n'ont jamais rien fait sans ricaner, ni une rencontre, ni un repas avec les doigts, ni l'amour. »

Sortie de l'hôtel, elle fut soulevée d'un coup par la grosse chaleur. Au bar du Panthéon, elle but deux cafés. Les nerfs à fleur de peau mais la cervelle dormante, elle se mouvait par réflexe, dans une ville irréelle dont les sons ne l'atteignaient qu'amortis par un matelas de brume. Le monde était flou, son être était flou, ils se pénétraient par osmose. Isabelle n'avait plus de distance avec les choses.

Le Forum, comme chaque jour, avait retrouvé la vie avec le premier baiser du soleil.

Avec fièvre, Isabelle travaillait. Yeux brillants, joues en feu, peau moite, cheveux collés, crâne protégé des rayons bientôt verticaux par un *Tempo di Roma* façonné en bonnet de gendarme. Franz ne lui manquait pas, parce qu'elle était sûre de le retrouver tout à l'heure là où elle lui avait fixé rendez-vous. Elle était mieux sans lui pour travailler. Il y a des moments où l'Autre est de trop. Etienne ne l'encombrait plus. Quand avait-il cessé de l'encombrer ? Elle ne s'en souvenait pas. Elle réalisait seulement près d'un autre homme qu'elle ne sentait plus la présence d'Etienne : il collait à elle comme un gant assoupli par l'usage. C'était peut-être pour cela qu'elle ne le désirait plus ? Pour désirer un homme, sans doute faut-il qu'il vous gêne comme une nouvelle robe ?

Elle entendit à la ritournelle d'usage du curé qui les avait mariés : « A partir d'aujourd'hui, vous ne faites plus qu'un. Mal observé ! Il aurait fallu dire : " Si vous parvenez à vous épouser, un jour vous ne ferez plus qu'un. " » Cette réussite est-elle souhaitable du point de vue du couple ? « Un couple, expression que le Larousse définit par deux, mâle et femelle ».

« En vieillissant, *le* couple vire au féminin », songea Isabelle, « *une* couple de bœufs, *une* couple de pigeonnes, *une* couple d'époux. C'est la neutralisation du sexe. » Elle se demanda : « Est-ce souhaitable ? » – « En tout cas, c'est confortable ! ».

Elle s'était promis de ne pas lever les yeux vers le Palatin avant d'avoir pris son dernier cliché. En gagnant le jardin des Vestales pour le mettre au point, elle renversa la tête vers les terrasses Farnèse suspendues au-dessus d'elle et s'épanouit en sourire.

Franz leva la main et, frappant la montre de son poignet, lui fit comprendre que l'heure approchait, avant de disparaître. Dix minutes plus tard, il était près d'elle. Elle venait d'appuyer pour la dernière fois sur le déclencheur.

Sans la toucher, il la contempla avec une émotion

interrogative. Il s'était demandé si elle lui reviendrait le matin semblable à l'amoureuse de la nuit, ou si elle se serait reprise.

Elle ne s'était pas reprise. Elle n'était pas semblable. Elle avait continué d'avancer seule sur le chemin de son nouvel amour et se trouva avec Franz sur un plan de familiarité si naturel qu'il en fut décontenancé et mit un certain temps avant de se raccorder à l'unisson.

Il l'avait rejointe avec gêne ; dans la crainte de froisser un rouage de cette mécanique encore mystérieuse. Il voulait la manœuvrer avec précaution. Il arrivait devant elle comme un apprenti de la veille et elle le recevait comme un amant de toujours.

Aujourd'hui, Franz était pour Isabelle l'homme qu'elle avait toujours aimé. Elle n'avait jamais eu à faire l'apprentissage d'une situation nouvelle. Elle y entrait de plain-pied. Ses habitudes naissaient d'un coup. Son pouvoir d'adaptation aux lieux et aux êtres était stupéfiant. Ce matin elle était habituée à aimer Franz.

16

Elle l'entraîna déjeuner chez *Allemagna*.

— Nous manquons de temps pour un vrai repas, avait-elle dit.

En réalité, elle adorait les dînettes sur le pouce, expédiées debout dans la vaste salle fraîche et bruissante de conversations du célèbre glacier.

Avec des mines de chatte difficile, elle allait d'une vitrine à l'autre, hésitant entre les tartines multicolores glacées à la gelée tremblante, les pizzas au parfum percutant, les pains ronds bâillant d'abondance, les croissants fourrés de vingt délicieuses épices, les bouchées sucrées aux tons de fleurs confites, les cônes de crème glacée piqués de cerises brillantes comme des escarboucles, hérissés de crêtes d'angélique, festonnés d'une collerette de chantilly légère.

— Quel pitié d'avoir peu d'appétit quand on a une si bonne vue ! soupira-t-elle.

Elle reprit un second baba au curaçao. La pâte molle trempée d'alcool fondit dans sa bouche, l'emplissant d'un goût fort, visqueux, succulent.

— J'aurai mal au cœur dans l'avion, remarqua-t-elle avec philosophie.

Pour l'instant, elle se sentait bien. Le café avait agi : elle éprouvait des picotements agréables dans le corps. Ses sensations étaient exacerbées.

— Quoi de meilleur que d'être ici ensemble ? dit-elle à Franz qui mordait dans une pizza trop chaude.

Une chape de soleil leur tomba sur les épaules quand ils sortirent de l'air conditionné. La Volkswagen brûlait comme un four chauffé à cinquante degrés.

— Il faut passer à l'hôtel chercher ma valise, dit-elle d'une voix rapide.

Il avait presque réussi à oublier qu'elle partait tout à l'heure tant elle était gaie avec modération, comme on l'est d'un bonheur qui va durer. Il avait retrouvé pour elle les gestes protecteurs d'un homme pour la femme qui lui appartient. Il ralentissait ses enjambées de promeneur solitaire, la soutenait par le coude pour traverser les rues, s'arrêtait devant les boutiques de mode. Il se dit qu'il allait la chercher à son côté quand elle serait partie, qu'elle lui laisserait, après vingt-quatre heures d'intimité un manque.

Au coin de la rue Santa Chiara, l'angle d'une maison n'était qu'une panoplie d'œillets.

— Attendez ! s'écria Franz.

— Tout cela, combien ? dit-il à la marchande en soulevant une brassée de fleurs dans ses deux mains.

Isabelle reçut la moisson avec un sourire merveilleux. Les têtes mal nourries des petits œillets romains dégorgeaient un parfum, poivré, plus volumineux qu'elles.

Elle ne songea pas à remercier. Mais une buée radieuse était dans ses yeux parce que Franz avait trouvé un des gestes qu'une femme attend de l'homme qui la désire.

— Quand ils seront fanés, dit Franz, je crois que j'irai vous fleurir à Paris. Après tout, rien ne m'oblige à passer ici le reste de mes vacances.

Il pensait que sans elle, Rome ne serait qu'un décor vide.

Droite, adossée au mur de la maison, le cou dressé, son fardeau plein d'odeurs tachant sa robe claire, elle souriait, par-delà Franz, à un avenir de joie. Enfin, elle murmura :

— Merci d'avoir dit ce que je souhaitais entendre. C'est un talent que tous les hommes n'ont pas. Mais...

— Mais ?

— Je ne rentre à Paris que pour cinq jours. Je vais ensuite en Suisse, à Saint-Gall, pour je ne sais quelle foire aux chevaux. Vous aimez les chevaux ?

— J'aime les chevaux qui ne se font pas photographier !

— La foire ne dure que trois jours.

— Je serai à Paris dans cinq plus trois jours, soit huit si je ne compte pas en philosophe.

— On compte en philosophe ?

— Oui. Et dans ce cas, huit jours sans vous vont durer infiniment plus d'une semaine !

— Franz, vous me plaisez ! dit-elle de sa voix la plus haute en penchant la tête de côté comme un moineau qui se cuit au soleil. Vous dites des mots que j'aime. Et malgré cela, dans huit jours, je ne serai pas à Paris, mais à Grado sur l'Adriatique. Et je vous jure que je ne le fais pas exprès ! Que voulez-vous ? Mon avenir immédiat était prévu sans vous, il faut me le pardonner.

— Je vous pardonne, soupira-t-il.

— Mais vous devenez triste ?

— Quand on réalise qu'on tombe dans une vie comme un caillou dans une mare... Qu'allez-vous faire à Grado ?

— Des vacances. J'irai directement de Saint-Gall. Mon mari m'y rejoindra.

Elle marqua un long point d'orgue et acheva :

— Cinq ou six jours plus tard.

Leurs regards se croisèrent, lourds d'imagination.

— Entre la Suisse et l'Adriatique, vous vous arrêterez un moment, dit enfin Franz.

— Où ?

— A Constance. Le lac y est vaste et bleu, les lointains brumeux très Siegfried, le ciel changeant, marbre de nuages photogéniques.

— Et les accessoires photographiques bon marché, acheva Isabelle.

— Vous connaissez Constance ?

— Peu.

— Vous connaîtrez mieux. Ma mère était née à Constance. J'y ai passé une bonne partie de ma jeunesse et j'y ai conservé la maison familiale.

— Vous me présenterez donc la Constance de votre jeunesse, dit doucement Isabelle.

17

— C'était solide, mais pas confortable ! hoqueta Isabelle au rythme des cahots.

La Volkswagen se soulevait et retombait dans les creux de la via Appia Antica, comme une sauterelle mécanique sur ses cuisses.

Après quelques centaines de mètres, les hauts murs

qui encaissent le début de la route finirent et la campagne s'ouvrit. Campagne appienne plate, râpeuse, grillée, enjambée par les arches des aqueducs romains morcelés. La voie étroite pavée de lave s'allongeait droite devant eux, bordée par les éboulis des tombeaux. Sur le bleu violent du ciel, les têtes rondes des pins et les pinceaux des cyprès se découpaient, noirs et nets. La stridulation sans fin des grillons emplissait l'air en même temps que l'odeur amère des pins chauffés.

Isabelle chantait à tue-tête une rengaine de l'année : « *Volare... oh ! oh ! Cantare... oh ! oh ! oh ! oh !* » Sa joie avait gagné Franz qui se mit à siffler un bout du refrain. D'un hochement de tête, elle l'approuva et il continua de chanter, franchement cette fois, aussi faux qu'elle avait pu l'imaginer.

Il était heureux. Il n'avait pas rêvé qu'il pourrait l'être de cette façon, sans plus d'effort qu'un grillon sous l'herbe. Il existait et exister suffisait à créer sa joie. Et toute chose existait dans la joie depuis qu'il avait rencontré Isabelle.

« *Felice di stare...* » disait la chanson d'Isabelle.

Heureux d'être...

— Oh oui ! cria-t-il brusquement.

— Oui à quoi ? demanda-t-elle.

— Oui au bonheur !

Elle chercha, sur le volant, la main de Franz.

— Pourriez-vous vous arrêter dans une quinzaine de mètres ? A la barrière blanche. Nous avons le temps de passer chez Romito.

— Qui est Romito ?

— Une vieille connaissance, peintre. Une vieille excentrique, en vérité, mais ces gens-là sont tellement plus drôles que les gens de série. Son père était quelque chose dans les ambassades. Pour représenter son roi avec dignité, il a été prodigue de la fortune de sa famille. Avec ce qu'il en restait, Maria est revenue se faire bâtir une maison sur la via Appia ; à l'époque, c'était permis. Une somptueuse folie. Il faut faire venir l'eau de Dieu sait où et l'été elle manque : on la rationne. Avec sa ration, elle arrose ses cannas plutôt que de prendre un bain. Ses cannas la passionnent : leur rouge orangé flatte son œil de peintre et ils lui fournissent un alibi pour rester sale. Mais les fleurs crèvent quand même de soif. La bâtisse a englouti sa dernière lire. La bâtisse, je devrais dire le *palazzo* ! Avec un goût du faste romain, elle a fait construire pour elle seule – célibataire et dernière du nom – une villa immense à deux étages. Vestibules dallés, portique, loggia, rien n'y manque... sauf des meubles. Il y en a cependant quelques-uns, dépareillés, qui ont surnagé jusqu'à Maria. Ils flottent au milieu de la majesté des salles avec l'air d'attendre le second camion de déménageurs. Grâce à leur isolement, on voit mieux qu'ils sont splendides et délabrés.

Ils avançaient sur la terre poudreuse et ratissée d'une allée de cyprès. Au-delà des arbres, le parc formait deux grands rectangles d'herbe pelée, jaune de soif. Au bout de l'allée, la villa se montrait blanche comme sait l'être la pierre romaine. Posée au centre d'une esplanade de gravillons décorée de coussins de cannas maladifs, elle était muette et close derrière ses jalousies.

— La maison paraît vide, remarqua Franz.

— Elle l'est presque : Maria vit dans une pièce du second étage qui lui sert d'atelier, de chambre, de cuisine. Elle ne nous a pas entendus arriver, elle est dure d'oreille.

— A quoi lui servent les autres salles ?

Isabelle le regarda avec amusement :

— A certains, les pièces inutiles sont les plus nécessaires, dit-elle.

Quelques magnifiques fragments de sculptures mutilées s'appuyaient à la façade blanche.

— Dépouilles de la via Appia, fit Isabelle. Depuis des dizaines d'années, ses amoureux voisins vivent dessus. Interdit, vous vous en doutez, mais ils volent la nuit. Rien à faire, c'est l'atavisme : depuis l'Antiquité, les beaux cailloux voyagent et on chipe à Jupiter pour Jésus et à saint Pierre pour embellir saint Paul. Le conservateur a dû se résigner à enfermer au musée le peu qui demeurait sur la voie Appienne. Reste le vestige de poids.

— Comment s'annonce-t-on à la châtelaine ? demanda Franz.

— On entre et je crie.

La porte ancienne était un morceau exécuté de main de maître.

— Et « emprunté », dit Isabelle, c'est une porte de sacristie. Maria est très pieuse.

Franz se prit à rire :

— Chacun sa façon de prier.

Une bouffée d'oignons frits leur sauta au nez.

— Maria se nourrit d'oignons, de pâtes et de tomates mais entre des murs peints à fresque ! Sobre pour l'intérieur, munificente pour l'extérieur. Elle est romaine.

— Quelle paix ! dit Franz.

Leurs pas sonnaient sur le marbre poli des dalles, emplissaient de présence deux longues salles presque nues, ouvertes l'une dans l'autre par un portique à colonnes, sombres et fraîches derrière les paupières baissées de leurs jalousies.

— C'est ici qu'il faudrait dormir quand on est à Rome.

— Demandez à Maria de vous louer la maison de Roméo et Juliette.

Il n'eut pas le temps d'interroger. Un fracas secoua le ciel et, pendant quelques secondes, la villa ne fut qu'une caisse de résonance douloureuse.

— Le Paris-Rome. Ici, c'est le ciel qui descend troubler la terre. Les avions commencent à perdre de l'altitude pour atterrir à Ciampino : votre insomnie gagnerait toutefois en régularité.

— Il faut s'habituer, soupira Franz. Les hommes sont entrés dans l'ère sans sommeil...

Au pied de l'escalier de marbre blanc, Isabelle arrondit ses mains en porte-voix :

— Ma-ri-a ! Ma-ri-a !

Au-dessus d'eux, un bruit s'ébranla.

— *Carissima mia !* Vous êtes donc à Rome ?

En blouse crasseuse éclaboussées de couleurs, pieds nus dans des savates, petite, osseuse, un sourire étiré sur ses lèvres, Maria Romito descendait, tête levée, sans le secours de la rampe, avec une allure d'impératrice. Ses yeux ronds, brillant d'une lumière noire intense comme des billes de jais, se posèrent sur Franz qui s'inclina.

— Je vous présente un ami, Maria : Franz Rausch.

— Soyez lé bienvénou.

— Je serais heureux de voir vos toiles, si vous le permettez ? dit Franz, poliment.

— Vous êtés artiste ?

— Non, madame, et je m'en excuse. Je ne suis que professeur de philosophie.

— Ah si ? fit Maria en le regardant sans le voir.

Les toiles sortaient de partout. Maria en tira des placards pris dans les murs, de dessus l'armoire, de derrière les coffres, de dessous les bahuts. Elle les appuyait contre le mur, sans un mot. Enfin, elle poussa les volets. Les peintures se colorèrent et ils passèrent devant, lentement. D'une phrase brève, Maria indiquait le titre de l'œuvre et se taisait, orgueilleusement.

Franz s'arrêta devant trois hauts panneaux. La composition en était compliquée : des bustes de femmes drapés dans leurs ruisseaux de cheveux se détachaient sur un fond de tentures soulevées pour découvrir trois paysages légers, à la florentine, qui n'étaient pas des paysages réels mais des états d'âme. Peinture aussi anachronique que possible. Attachante pourtant par l'effusion poétique de ces visages de femmes baignant dans la lumière d'une nature rêvée.

— On aimerait s'en faire un paravent pour les jours d'hiver, dit Franz.

— Si, dit Maria, c'est pour oun paravent.

— Une commande ?

Elle crispa sa bouche de dédain :

— Personne né commandé plous dé peinture à Roma... Il paraît qué l'école italienne est morta. *Vero*, d'ailleurs...

— S'il ne reste plus d'acheteurs, commença Franz, alors...

Son geste embrassa les toiles qui s'offraient. Le regard noir se leva fièrement :

— Il reste la Peinture, dit-elle, superbe.

Isabelle se mordit la lèvre. Pour faire diversion, elle souleva une esquisse de la campagne appienne :

— Elle me plaît...

— Prénez-la, cara mia. Si, si, prénez-la ! C'est oun cadeau en éssange des photos qué vous m'avez faites.

— Maria, vous ne serez jamais raisonnable. Vous pourriez très bien vendre ce tableautin et d'autres que j'aperçois à l'une de ces galeries de Rome qui fournissent les touristes de souvenirs.

— Des souvénirs ! cracha Maria, méprisante. Voulez-vous aussi que jé peigne lé monoument dé Vitor-Emmanouel sur des poudriers ?

— Qui dit cela ? Ces esquisses sont belles. Pourquoi les touristes n'achèteraient-ils que des horreurs ?

— Parce qu'ils n'ont pas dé goût et pas d'arzent ! Les galeriés vous démandent des pétités massines à *cinque mille lire* !... Cé qué vous emportez vaut cinquante ! conclut-elle du ton péremptoire dont elle aurait annoncé le cours de l'or.

— Ceci vaut donc combien ? demanda Franz toujours planter devant les panneaux de paravent.

Elle se recueillit, et enfin :

— Ça ?... Oun millioné dé liré, dit-elle.

Franz tressaillit et Isabelle se mordit la lèvre encore une fois.

— L'ensemble ? dit Franz avec effort.

Maria soupira et répondit de cette voix, lassée d'avance, qu'on prend pour tenter d'expliquer l'évidence à un simplet :

— Chaqué volet, natourellément...

Isabelle étouffa son envie de rire et changea le sujet de conversation :

— Mon ami désirerait visiter la petite maison de Roméo et Juliette...

— Ah si ? dit Maria vivement. Montrez-loui donc, ma chère, pendant qué jé range tout ça : la clé est sur lé coffre du vestiboule.

18

La maisonnette, toute de plain-pied, longue et basse, badigeonnée de blanc, avait, grâce à son toit en terrasse, les proportions d'une boîte à chaussures. Les murs épais, les volets de bois plein perpétuellement clos, y entretenaient une fraîcheur humide de cave.

— ... Ou de tombeau, remarqua Franz. D'ailleurs, pourquoi « maison de Roméo et Juliette ? »

— Maria avait un jeune frère qu'elle adorait. Il est mort accidentellement, à vingt-cinq ans, quinze jours avant son mariage. Il s'appelait Roméo... Sa Juliette – qui avait nom Ida – a osé se consoler. Maria l'avait déjà peinte ensevelissant son chagrin au fond d'un Carmel... Elle ne lui a pas pardonné de ressembler si peu à son portrait. Alors, comme il fallait bien quelqu'un pour entretenir le culte du défunt, elle s'en est chargée. Elle a fait bâtir cette maison et elle la tient prête comme si Roméo, éternellement jeune, devait y amener demain sa fraîche épousée...

On entrait directement dans une salle moyenne communiquant avec les deux suivantes par deux portails ronds placés en enfilade.

Isabelle alluma un chandelier d'argent à sept branches : Roméo n'avait pas l'électricité. Le flambeau porté à bout de bras éclaira la voussure plate du plafond qui raccourcissait la hauteur de la salle, lui communiquant robustesse et intimité. Voûte et murs étaient du même blanc que l'extérieur, à l'exception des vantaux de la porte et d'une large fresque placée bas au-dessus d'un divan ou plutôt d'une couche étendue à même le sol, recouverte d'un brocart cramoisi et de coussins de velours passementés de galons d'or et d'argent. Une commode florentine tarabiscotée, surchargée de motifs floraux, sur laquelle on posait le chandelier, composait, avec la couche et un masque de comédie plaqué au mur, tout l'ameublement. Les chambres suivantes étaient presque semblables, avec leurs grabats somptueux, un ou deux meubles lourds dont la majesté dorée s'écaillait par plaques.

Dans la troisième salle, une aiguière d'argent, travaillé en ronde bosse et posée sur la mosaïque du carrelage accrocha la lumière vacillante des bougies. Par son élégance et la beauté de son relief, elle aurait pu figurer dans le trésor du Vatican.

— Pourquoi enfouir dans cette ombre une telle merveille ? dit Franz.

Isabelle sourit :

— Je crois que vous ne comprenez pas bien Maria...

— Je le crois aussi... Et je crains de l'avoir choquée par mes paroles maladroites.

— Elle est bizarre. Mais peut-être en effet ne lui plaisez-vous pas ? Je me demande si elle vous louerait cette maison ?

— Quoi ! Elle loue la maison de Roméo ?

— Hé oui ! Cela vous surprend ?

— En effet. Je n'aurais pas l'idée de faire construire une chapelle funéraire pour la profaner par une location !

— C'est que vous n'êtes pas italien ! Et puis ce n'est pas une profanation : les gens ont toujours visité les cimetières... Passer en curieux ou s'installer pour quelques jours, quelle différence ?

— Au fond, vous avez raison, dit Franz après un temps de silence. Passer ou vivre, face à l'éternité, c'est la même chose...

— Pour un endroit habitable, cela manque de sièges, ajouta-t-il.

— On vous en apporte en cas de location... Des chaises dépareillées. Le reste du temps, c'est une maison de nuit de noces ne l'oubliez pas ! On s'assied sur les lits... Regardez donc le détail des fresques...

Elle ouvrit la fenêtre et poussa le volet. Les fresques étalèrent au jour leurs chairs nues, lascives, entremêlées dans la recherche du plaisir. Les tons roux et blonds, chaleureux, ajoutaient à la sensualité du dessin.

— O-o-oh ! fit Franz.

— Oui, dit Isabelle... Et à mon avis, c'est ce que Maria a fait de meilleur. Ses rêves de femme seule, sans doute... Elle a dû peindre ça avec un ventre en feu.

— Les autres fresques sont du même pinceau... déchaîné ?

— Venez voir... C'est l'école de la volupté ! Et les vantaux des portes racontent d'autres raffinements... Je sais que Maria voulait peindre les plafonds – histoire sans doute d'enfermer Roméo et Juliette dans un érotisme bien clos –, mais avec les voûtes des questions de perspective en trompe-l'œil se sont posées ; et puis la position du peintre est épuisante quand il s'agit de couvrir des plafonds... Bref, elle a renoncé...

Franz contemplait les ébats luxurieux des corps fauves, caressés par les rayons du soleil. Isabelle observait Franz, comme si sa façon de regarder les fresques licencieuses allait lui révéler un aspect de l'homme qu'elle ignorait encore.

— Je me demande, dit-il enfin, ce que pensent les locataires de Roméo de ce décor impur ?

Isabelle eut, dans la gorge, son rire de grelot :

— Les hôtes sont triés en fonction du décor ! N'habite pas qui veut la maison de Roméo ! Il faut avoir la figure – si j'ose dire – qui s'acoquine aux fresques !

— Ah oui ?

— Oui. D'abord en principe, il faut être deux. Ensuite, il faut être agréable à voir et surtout...

— Surtout ?

— Il faut avoir l'air... d'aimer ça !

— « Ça » ?

Elle plongea ses iris moirés dans le regard d'eau claire avec désir et envie :

— « Ça », répéta-t-elle... Ah ! un détail que j'oubliais : il faut aussi pouvoir payer cinquante mille lires pour quinze jours !

— Cher, non ?

— Très cher. Mais on ne loue qu'aux amis ou aux amis des amis.

— Dans ce cas, c'est encore plus cher !

Isabelle soupira :

— Décidément, vous ne comprenez pas Maria... Quand on a de l'orgueil, on ne peut exploiter que ses amis. L'amitié autorise cela. Qu'est-ce que l'amitié qui ne fait pas à l'occasion bourse commune ? En seriez-vous demeuré aux bons comptes qui font les bons amis ?

Franz haussa les épaules et sourit :

— Je suis un idiot ! dit-il... Mais que fait donc Maria ?

— Je suppose qu'elle attend discrètement !

— Oh !

— Comprenez sa vanité de peintre : elle serait chatouillée de plaisir en constatant le pouvoir suggestif de ses fresques !

D'une main, Franz emprisonna le bas du visage d'Isabelle. Sa large paume ferme pétrissait le menton docile.

— Vous vous injuriez, dit-il, la peinture ne vous ajoute rien...

Il prit la bouche qui s'offrait ouverte, éclatée de désir.

« Pourquoi faut-il que les hommes et les femmes aient compliqué la vie ? » pensait-elle, chavirée. « S'arrêter ici, s'aimer ici, le temps qu'on veut, sans avoir besoin d'expliquer... Pourquoi faut-il qu'il y ait des règles... même pour ce qu'on appelle l'adultère ? Pourquoi faut-il qu'il y ait la souffrance des autres ? Pourquoi souffrent-ils d'abord, les autres ? C'est une manie, la souffrance, un vice chrétien... »

De tout son corps douloureux d'avidité, elle épousa le corps de l'homme. Leurs bouches ne se quittèrent qu'au bruit des savates de Maria froissant le gravier du jardin.

— Et *allora* ? fit-elle.

Son visage, desséché par le soleil et le vent, n'était qu'un réseau serré de sillons de tous calibres. Pour l'instant, ses lèvres ne portaient qu'un petit sourire étroit mais chacune de ses rides riait pour son compte et l'ensemble lui faisait une figure de magot cuit dans sa malice.

— Il me semble qu'il y avait ici deux aquarelles de Vérone ? dit Isabelle pour reprendre contenance.

Les mille sourires se déplissèrent.

— Vendoues !... Et pour deux bouchées de pain ! Oun galéria joustément... Mais il fallait...

— Il faut bien vivre, dit Franz.

Maria se tourna carrément vers Isabelle comme si elle désespérait de faire comprendre quoi que ce soit à ce professeur :

— Vivre n'est pas lé principal, dit-elle en mordant les syllabes, mais cé voleur dé zardinier m'avait planté sept cyprès fémélles dans l'allée. Quand les arbres ont grandi, ceux-là, avec leur gros ventre, ils étaient indécents ! Il fallait bien qué zé les remplace... Mé planter des fémélles !... Ces *Romani*, toussé des fripouilles !

— Et les cyprès de la via Appia, commença Isabelle...

— Hé ! *poveratta mia* ! Mainténant, « ils » les comptent ! « Ils » nous traitent commé des souspects !

Isabelle marchait en riant au bras de Maria. Franz suivait à quelques pas, embarrassé de se sentir rejeté hors d'une complicité.

— Vivré, marmotta Maria, qu'est-cé-qu'il appelle vivré ? Payer lé boucher ?... Il a encore bésoin dé léçons dé philosophie, votré philosophe, *cara mia* !

19

— Je viens d'apprendre qu'il y avait des cyprès femelles, dit Franz après un moment de silence. Ces femelles ne sont donc bonnes à rien ?

La Volkswagen hoquetait de nouveau sur la voie antique.

— Elles sont moins belles, parce que trapues, larges à la base. Chez les cyprès, la coupe de l'élégance revient au mâle : c'est lui qui est mince, planté comme une lance menaçant le ciel...

Ils levèrent les yeux en même temps sur un trio de cyprès qui posait une ombre triplement étroite sur un tombeau. Après un nouveau temps de silence, Franz reprit :

— Croyez-vous vraiment qu'un de ces panneaux de paravent soit vendable un million de lires ?

— Vous plaisantez ! Je ne suis pas même sûre que ce soit vendable. Et dans ce cas, pourquoi ne pas leur attribuer la valeur qui vous satisfait pleinement ?

— Bien sûr, dit Franz. Après tout, c'est une façon de justifier sa vie et son œuvre qui en vaut bien une autre. Je connais mal la peinture. Lui croyez-vous du talent ?

— Du talent, oui... Un talent d'une souplesse inquiétante, comme vous avez pu voir. Elle a une bonne technique.

— Pourquoi dites-vous : un talent d'une souplesse inquiétante ?

— Parce qu'elle fait à peu près ce qu'elle veut de ses pinceaux : de l'huile, de l'aquarelle, de la fresque... Elle réinvente Raphaël, Giorgione, le Caravage à l'occasion... Oui, elle fait ce qu'elle veut...

— C'est une qualité, non ?

— C'est une facilité. Si elle avait du génie, je crois qu'elle peindrait toujours la même chose.

— C'est vrai, dit Franz. Le génie se répète.

A angle droit, la voie romaine coupait la nationale qui menait à Ciampino. Dans un dernier ressaut, la voiture gagna la chaussée goudronnée, vira sur sa droite et se mit à rouler sans heurts vers l'aéroport. L'angoisse du départ proche jaillit en eux.

— Quel âge a votre amie Maria ? demanda soudain Franz.

— Cinquante-six ans, je crois... Elle a l'air d'une vieille femme, n'est-ce pas ? Elle a été belle, vous savez ?

— J'en suis sûr.

— Comme on devient... dit lentement Isabelle. Et elle frissonna.

— Vous ne serez jamais ainsi, dit Franz.

— J'ai horreur de tous ces plis que la vieillesse met sur un visage... Ils me dégoûtent... C'est injuste ?

— Peut-être pas...

— Eh bien ! c'est curieux : le visage raviné de Maria ne m'écœure pas.

— Il y a des rides qui viennent d'une façon de vivre et des rides qui viennent d'une façon de penser. Les siennes sont toutes empreintes de spiritualité... Aucune vulgarité en elles.

— Je ne sais pas. Vous expliquez bien cela...

Dans la continuité de la plate campagne on se trouvait sans surprise sur le terrain d'aviation.

— Isabelle... dit-il.

— Franz ?...

— Avez-vous habité la fausse maison de Roméo ?

La question imprévue tomba en elle comme une pierre.

— Elle n'est pas plus fausse que celle de Vérone ! fit-elle avec un petit rire forcé.

Elle avait répondu cela pour gagner du temps, et elle était persuadée que Franz allait s'en apercevoir. Mais aussi pourquoi lui rappeler qu'elle était venue via Appia avec Nicolas ? Elle l'avait tout à fait oublié. Mais Franz ne s'apercevait de rien. Dans un sourire il disait :

— Ne m'ôtez pas mes illusions ! J'ai visité la maison de Juliette en passant à Vérone !

— Comme tout le monde ! répliqua-t-elle, enchantée de la diversion. Et vous avez signé sur le livre à l'entrée du tombeau ?

— Non. J'ai pensé qu'il fallait deux signatures côte à côte. Sur le livre, elles allaient toutes par deux, comme les amants... J'aimerais y retourner...

Elle caressa doucement la main posée sur le volant :

— Je n'ai jamais habité la maison de Roméo, dit-elle, répondant à retard sans nécessité.

Elle ne mentait pas. Elle ne faisait qu'exprimer sa virginité recréée pour l'amant veuf.

20

On pesait les bagages... Un employé cassé en deux collait les étiquettes d'un air absent. Les valises lui étaient poussées sous le nez l'une après l'autre et il les décorait sans lever la tête ni ciller des paupières : Milan, Zurich, Paris, Londres, Athènes... A force de ne jamais partir, le monde pour lui était devenu uniformément irréel, blanc et noir, triste et plat comme le papier gommé.

Les formalités accomplies, ils s'assirent côte à côte sur un banc. Les entrailles d'Isabelle se nouaient doucement, inexorablement.

« C'est idiot, se dit-elle, quelques jours, ce n'est pas terrible... » Mais c'était terrible. La coupure allait se faire sur la pousse d'amour nouveau à l'instant de sa floraison. « On a beau dire, les pousses mutilées au mauvais moment ne repartent pas si bien que les autres... » C'est sous la pression du jet de sève qu'il aurait été bon de s'épanouir, de se laisser pénétrer, soûler de caresses. Se perdre hors de soi, le temps qu'on peut. Revenir, dégrisée par satiété, se lover au creux de la tendresse d'Etienne, en chatte repue.

Ah oui, revenir !... Isabelle ne se le serait pas avoué en cet instant, mais cette certitude la baignait. C'est même la conviction qu'un fil élastique la relierait en permanence à Etienne qui rendrait possible une joie sans fiel.

Prendre sans avoir à choisir. Commencer sans avoir à finir *avant*. Vivre une vie de commencements. Les commencements sont exultants comme tout ce qui monte : le soleil à l'aube, le blé vert, les coins de la bouche dans le rire, l'enfant vers l'adulte, le désir pour un corps inconnu...

Il n'est pas vrai qu'on doive nécessairement subir la tristesse d'une fin pour goûter l'allégresse d'un commencement, ce sont les comptables qui ont inventé cela en même temps que les parties doubles : un crédit, *donc* un débit... On croirait que les gens s'efforcent de vivre un ruban de vie d'égale épaisseur du début à la fin. Ils rognent à droite, ils ébarbent à gauche, pour se maintenir dans une largeur constante, en fonctionnaire de l'existence ! « Allez, croissez, multipliez » : ils n'ont jamais pris la parole évangélique chacun pour soi, seul. Ils l'ont prise en commençant : pour le succès de l'espèce...

Et puis il y a une « religion de la fin » et on vous la fait lever de bonne heure : « si tu sors ton Meccano, range tes billes », « finis de lire ton livre avant d'en acheter un autre », « termine ton tricot avant d'en commencer un second », « n'ouvre pas deux pots de confitures à la fois »... La suite des commandements vient toute seule : « liquide un homme avant d'en entamer un autre »... Le serpent *doit* se mordre la queue. On enfile tous ces anneaux de morceaux « finis » pour tresser sa chaîne de vie, bien nettement. Bien bouffonnement aussi, puisque, de toute façon, le dernier anneau restera ouvert... Ne perd-on pas assez de choses sans le vouloir, le long du chemin, et qui se détachent parfois sans qu'on y prenne garde ?... Est-ce que ma passion pour Nicolas s'est refermée sur une rupture franche comme la cruauté ?... Non ; elle est allée se perdre sans bruit dans les méandres d'une amitié de plus en plus légère.

Pourquoi la pensée d'Isabelle avait-elle reculé jusqu'à Nicolas, alors que le présent était à saisir dans un instant si bref ?... C'est qu'elle n'avait pas trouvé d'autre moyen d'échapper à l'angoisse aiguë du tempo, de faire chuter plus vite dans le « tout-à-l'heure » ce « maintenant » qu'elle eût voulu retenir de toute sa force.

Pour la même raison qu'elle se taisait en rêvant, Franz formait des mots sans y penser.

— ... Vous travaillez si vite... Votre vitesse de décision m'a paru étonnante. Je vous observais du Palatin et...

Les mots se dissolvaient dans la rumeur qui est la même dans tous les aéroports du monde : vrombissement des avions, brouhaha des conversations enchevêtrées, nasillement des haut-parleurs, fracas des chariots sur le ciment, tout cela fondu, à la fois amplifié et rendu supportable par la résonance du hall immense.

Plongée dans ce bain sonore, Isabelle supportait pourtant mal le silence et elle devina qu'elle ne s'en débarrasserait qu'à l'aide de son propre bruit. Alors, elle se mit à répondre à Franz :

— Je n'ai pas de patience... C'est pour cela que je me suis fait une spécialité dans le spontané... Etienne a beaucoup plus de talent, je trouve : il fait des clichés

« léchés »... Cinq heures de préparation pour une photo ne l'effraient pas...

Elle parlait de cette voix désaccordée de la pensée, unie exagérément et naturelle, qu'on a seulement dans les circonstances exceptionnelles. Elle avait dit : « Je n'ai pas de patience », comme on dit : « Voulez-vous une tasse de thé ? » au chevet d'un mort. Il posait du même ton des questions sans importance. Leurs banalités transpiraient d'angoisse.

Franz se surprit à appeler « Etienne » celui qui, peu d'heures avant n'était que « le mari ». Dans l'irréalité du départ, sa coexistence avec un autre homme *doté d'un prénom* ne lui paraissait plus monstrueuse. Parce que l'atmosphère des aéroports et des gares est d'une fébrilité factice, tout y devient factice et partant, possible.

— Vous avez dit de jolies choses sur la peinture chez Romito, dit-il encore, continuant d'enfiler des phrases creuses.

— Comment ? fit Isabelle.

« Vite, vite, vite ! » suppliait-elle, « mon Dieu, vite ! Ce haut-parleur ne viendra donc jamais me délivrer ? »

— Vous avez dit de jolies choses sur la peinture chez Romito, répéta Franz.

— Cela m'étonnerait... Je ne sais presque rien sur la peinture...

— Vous ne savez rien par cœur : c'est peut-être pour ça ?

De nervosité, elle se mit à mordiller les têtes des œillets poivres qu'elle serrait contre elle. Elle aurait aimé saisir son ventre à pleines mains pour l'empêcher de se tordre dans l'attente...

— Les voyageurs pour Milan, Paris...

Ils sursautèrent d'autant plus vivement que le haut-parleur répandit les paroles qui se répétaient en eux depuis de longues minutes.

Leur étreinte les gêna et Isabelle rougit. Gauche, empruntée, trop rapide ou trop longue, à la fois emphatique et honteuse, elle fut manquée, un peu ridicule, comme beaucoup d'autres autour d'eux. Se quitter dans une émouvante simplicité n'est pas si facile : il n'y a guère que les bons acteurs pour s'en tirer... à l'écran.

21

Posément, le Constellation vira et cahota ses passagers vers la piste d'envol où il se mit à rouler sans plus faire de bosses.

Isabelle avait encadré son visage dans le hublot de queue. Dans sa fuite accélérée, elle passa, une fraction de seconde, devant la lointaine silhouette de Franz dressée sur la passerelle du bâtiment. Il ne la vit certainement pas mais, à tout hasard, il leva un bras... Elle eut envie de crier... Au même moment, elle cessa de sentir la trépidation des roues sur le ciment de la piste ; la route était devenue molle, écœurante.

Un goût de baba au curaçao lui remonta dans la bouche. Mâchonnant son bonbon à la menthe, elle bascula son fauteuil en arrière en fermant les yeux...

Quand elle les rouvrit, l'appareil flottait sur un ciel de coton blanc, comme une mouche d'argent sur la mousse de savon.

DEUXIÈME PARTIE

L'attente

1

— Vous, la spécialiste, vous en pensez quoi, de cette histoire ?

Madame Courrier du cœur remonta ses lunettes d'écaille en visière et posa sur Isabelle son doux regard myope :

— Comme vous, sans doute.

— Pas sûr. Vous êtes habituée à juger toujours de la même façon, selon des cas types ; pas selon votre humeur.

— Vous êtes optimiste !

Elle rit silencieusement et ajouta :

— Ça va s'arranger. Le temps, quelle drogue ! Mais les gens ne l'utilisent qu'en désespoir de cause ; je vois bien dans mon courrier : « Qu'est-ce que je dois faire ? » – « Que dois-je dire ? » – « Ne croyez-vous pas que je devrais intervenir ? » – Elles ont des instincts de chirurgien ! Je finis par croire que les élus de Dieu sont les paresseux. Pas les paresseux par dégoût ou par inaptitude, les paresseux forcenés, par vocation : ils se couchent et ils attendent. Ils attendent que la vie passe. Quand c'est bon, ils ouvrent la paupière, quand c'est mauvais, ils dorment et le mal glisse en rêve.

— Taisez-vous, dit Isabelle, par cette chaleur, vous me donnez une envie de bain de sable.

Elle éleva les bras et s'étira à craquer dans l'écharpe de soleil déployée au travers du couloir par la porte de la rédaction mal close. Puis elle poussa le battant et plongea dans le bocal aux odeurs.

Parfums désaccordés, fleurs oubliées dans un fond d'eau croupie, cheveux en fin de mise en plis, et collée aux autres, l'odeur des morasses fraîches.

— Qui a encore vaporisé du désinfectant ? rugit Isabelle en se jetant sur la fenêtre. C'est toi, Gladys, naturellement ?

Gladys haussa de deux millimètres l'arc admirable de ses sourcils en pont chinois. L'ombre d'un dédain étira, sans l'ouvrir, et de deux millimètres, une bouche à l'ourlet parfait dont la largeur était celle d'un sourcil. Elle dut découvrir son regard car Isabelle en sentit la morsure sur son dos. Mais quand elle se retourna vers Gladys, les longues paupières retombées, elle ne vit plus qu'un rai de lumière verte à travers le peigne d'or des cils.

« Une lame de jade aiguisée, tranchante, pensa-t-elle, ça s'enfonce dans les chairs comme dans du beurre. Dans les chairs faibles, car pour la mienne... »

— Vous n'avez pas l'air courageuses, mes cocottes ? fit-elle. C'est la chaleur ?

France souffla un soupir de lundi matin :

— C'est cette pauvre Carole. Moi, elle m'a lessivée pour la semaine.

— Quelqu'un est allé aux nouvelles ce matin ? interrogea Isabelle.

— Jean-Jacques, sûrement, dit France, mais on ne l'a pas encore vu. J'irai à une heure et demie, à Cochin.

— Moi aussi, dit Isabelle.

— Dites donc, Isabelle ? Vous l'avez vue, vous, cette Elda. Comment est-elle ?

Isabelle considéra celle qui venait de parler sans tendresse. Edith la guettait avec le mi-regard allumé d'or d'une chatte qui voit descendre une soucoupe de lait. Elle mouilla deux fois ses lèvres d'une pointe rose.

— Il paraît qu'elle est superbe, insista Edith.

— Oh, certainement ! Superbe à la commande. C'est son métier.

— On ne peut pas compter sur un photographe, grogna Edith. Ça ne voit rien, ça photographie. Ça délègue son œil : c'est le Rolleiflex.

La rue entrait à flots par la fenêtre ouverte, tympanisait les nerfs, veloutait les objets d'un voile gras.

— Je ne sais pas si elle est superbe, mais je sais qu'elle ne vaut pas un tube de gardénal, la fille ! Jean-Jacques non plus ne vaut pas un tube de gardénal. Crétin ! Qu'est-ce qui lui a pris, mais qu'est-ce qui lui a pris d'aller raconter son aventure à Carole !

Les malheurs non strictement obligatoires horripilaient Isabelle. Que Jean-Jacques ait eu envie du modèle romain, passe. Qu'il l'ait fait venir à Paris, passe encore. Mais qu'il ait piqué une crise de loyauté idiote, alors là, non !

— Croyez-vous que ce crétin de Jean-Jacques soit quelque part dans la maison ? demanda-t-elle à la cantonade.

— Tu me permettras de te faire remarquer que c'est celui qui meurt qui est le crétin, remarqua Gladys.

Elle sentit, bref et haineux, le tranchant du regard vert et s'en réjouit comme d'une blessure honorable. « Au fond, je suis un peu mauvaise, Carole a raison. Je ne sais plus ce qu'elle m'a fait au juste, Gladys, mais je ne lui pardonne pas ! »

Eric Cormont entra en courant dans la salle et, dans sa vivacité maladroite de jeune chiot, heurta Isabelle :

— Oh ! pardon Isabelle ! Au fait, bon voyage à Rome ? Vous ai pas vue depuis... Mais y a que des femmes ici ce matin ?

Sa voix tonique de bon type pas compliqué rapetissa le drame d'amour de Carole, lui rendit son juste volume de provisoire.

— Je voulais justement vous faire chercher, Eric, fit Edith.

Le bourdonnement rythmé du téléphone se fraya un chemin à travers la cohue de sons charriée par la rue.

— On ne s'entend plus, avec cette fenêtre ouverte, gémit France en décrochant.

Cormont alla fermer la fenêtre. Le bruit s'assoupit, les odeurs remontèrent. Ils se retrouvèrent dans leur huis-clos, enfer tiède de tous les jours.

— Vous savez, dit Edith, j'ai du nouveau sur Jean-Jacques et Elda...

Isabelle observa Edith de biais. Elle n'arrivait pas à

la détester, malgré la férocité enrubannée de ce jeune fauve blond, peau blonde des mille grains semés sur elle à la volée, copeaux blonds des cheveux à l'ange, eau mordorée des prunelles filtrée par les cils plus sombres, duvet des bras, perlé au bout de gouttes brillantes de soleil, et qu'on imaginait veloutant le corps roulé en bibelot de luxe. Avec son maquillage beige et son habileté à se vêtir de tons abricotés l'été et de pelages dorés l'hiver, elle ressemblait à une bête chaude et jolie, un peu vicieuse, une bête de divan d'après-midi.

Elle quêtait de ses yeux mi-clos la curiosité d'Isabelle, prête à attaquer le secret de Jean-Jacques. Isabelle avait envie de jeter au diable les amours tristes des autres ; envie de se retrouver seule pour penser à Franz, pour se caresser à l'espoir de Franz.

Le jeu de la lumière dans les mèches amincies était si séduisant qu'Isabelle ne put s'empêcher de tirer une boucle avec vigueur.

Isabelle l'effilocha entre ses doigts, pour la joie de voir le soleil traverser le tamis de soie d'or en éclaboussant de paillettes. Elle écoutait Edith ronronner imperceptiblement.

Elle se représentait Edith, franchissant avec délicatesse, sans se souiller, un corps sanglant pour venir se livrer au vainqueur, lascive, prête aux voluptés meurtrissantes.

— France, je te retrouve au Chien qui fume, vers une heure ? demanda Isabelle. On prendra un sandwich avant d'aller voir Carole.

— C'est vrai au fait, Carole ? Comment va-t-elle ?

Eric Cormont, penaud d'avoir fait une entrée joyeuse avait pris un ton de circonstance, deux intervalles plus bas que le sien.

— C'est Pitois qui téléphonait à l'instant, intervint France, il a fait un saut là-bas ce matin. Elle va bien, elle sortira demain. Quand je pense qu'elle aurait pu...

— Quand on est idiot, commença Isabelle...

— Le coup de foudre, ça existe, non ? cria Edith. La tornade qui vous soulève, vous emporte, ravage sur...

— Vous n'y croyez pas ?

— A quoi ?

— Au coup de foudre ?

Isabelle vit se dresser dans la lumière romaine, la silhouette de Franz. Elle perçut l'élan de son corps, soulevé par une colonne d'air chaud, et haussa les épaules :

— Bien sûr que j'y crois. Et après ?

Les cils d'Edith papillotèrent sur les prunelles du même ton d'or liquide :

— C'était Elda ou Carole, non ?

France avait relevé la tête et appuyait sur Isabelle son regard brun paisible. Eric aussi la regardait. Isabelle ouvrit grand sur eux des yeux qu'elle emplit, exprès, d'une surprise immense :

— Et pour quelle raison ?

France baissa vite son regard. Edith protesta :

— Oh ! tout de même !

Eric réfléchissait. Il n'en avait pas l'habitude et

l'effort lui plissait une figure de collégien noyé dans un bassin à deux robinets.

Par loyauté, murmura-t-il enfin.

— Ha ! Elle est bien bonne ! Par loyauté ? Il fallait que Jean-Jacques dise à Carole : « Parce que j'ai envie de coucher avec Elda, je ne veux plus de toi, *jamais* » ? Ou quelque chose comme ça ? Qu'est-ce que c'est donc que cette loyauté qui est le contraire de la vérité ? Vous me faites rire, tiens !

Elle ne riait pas. Elle rageait d'impatience impuissante, comme chaque fois qu'elle constatait l'inaptitude de l'humanité au bonheur.

— *Addio !* fit-elle après un temps de silence. Je passe voir Prestat et puis je t'attendrai au Chien, France.

Haussant les épaules, Isabelle sortit. La porte se rouvrit derrière elle, Eric la rattrapa pour lui chuchoter :

— Isabelle... Si vous pouviez acheter un petit bouquet et le porter à Carole de ma part ? Et faites-lui une bise pour moi. Je n'ose pas aller là-bas.

Elle acquiesça d'un clin d'œil. Trois marches plus bas, elle croisa Martine Landry qui lui jeta un « bonjour » glacé.

Elle se retourna assez vite pour voir Eric et Martine se ficher l'un devant l'autre avec embarras. Aussitôt se forma autour du couple ce halo invisible et palpable, milieu isolant, nourricier, dans lequel va éclore un amour partagé.

Ce n'était un secret pour personne que Cormont avait, pour Isabelle qui l'avait aidé à ses débuts, une sorte d'admiration tendre, qui se donnait des allures de cour, parce qu'à l'âge d'Eric, on ne croit pas qu'on peut avoir avec une femme des relations affectives différentes.

Deux coursiers dévalaient l'escalier et les marches grondaient sous leurs jambes de plomb. Une porte s'ouvrit avec violence sur le palier du second. Octave Pitois jaillit en hurlant, comme catapulté :

— Qu'est-ce qui m'a foutu un pétard pareil ? Je travaille, MOI ! Tiens ! Isabelle ! Mais c'est trop tôt, mon petit, beaucoup trop tôt ! Il pleuvait à Rome ?

— Je m'ennuyais de vous, patron, dit Isabelle.

La courte silhouette se rangea d'un saut épileptique :

— Mais entrez donc, ma chère ! Que je sois tout à vous un moment, un seul instant !

— M'excuserez-vous de me priver de cette joie ce matin, monsieur ? Sérieusement, continue-t-elle en changeant de ton, il faut que je travaille un peu avec Prestat et...

— *Un peu*, souligna Pitois.

— Et que je file à Cochin, acheva-t-elle sans entendre.

— Faut que je sois un saint, MOI ! Une seconde.

Pitois, bouche éteinte pour un éphémère répit, rentra cueillir sur le matelas de papiers qui lui servait de bureau – existait-il du bois en dessous, ça paraissait assez compact pour tenir seul ? – l'exemplaire de la semaine, odorant gras, abandonnant aux doigts le rouge glacé de sa couverture :

— Portez-lui ça. Y a douze lignes à elle, page 38,

« pantalons de cow-girls ». Viendrez me dire comment ça va moralement.

Les mots qui suivirent se coulèrent dans le ton braillard habituel :

— Et ces clichés du Forum, bon sang ? Les ai pas encore vus !

— Prestat n'a pas fini.

— Turellement ! Y a que moi qui travaille, ici ! Que MOI !

Isabelle négligea de répondre. Il y avait belle lurette qu'on ne s'émouvait au journal que si le rédacteur en chef était calme. Elle continua de monter. Agrippant la rampe, Pitois leva le nez et cria dans la cage :

— Et dites-lui bien que si elle recommence un coup pareil elle aura de mes nouvelles, cette... cette !... Que Jean-Jacques sirote de la ciguë, je suis d'accord ! Mais Carole, ça ne fait même pas de la copie, alors c'est inutile !

2

— Un café, Ernest, commanda Isabelle, un grand ! Je vais dans le fond. Et un sandwich au jam. Non, des brioches ! Fraîches, hein ?

— Tu as de la veine d'avoir faim, dit une voix morne.

Isabelle se retourna :

— Ah ! tu es là, toi ? Alors ?

— Alors quoi ?

— Alors, qu'est-ce que tu racontes ?

— Moi ? Rien, fit Jean-Jacques de la même voix neutre.

— Tu as déjeuné ce matin ? Viens t'asseoir avec moi dans le fond. J'attends France.

Il se laissa tomber, lourd, sur la banquette de cuir qui criait la fatigue des ressorts.

— Mange une brioche.

— Pas faim.

— Mange une brioche !

Avec un faux dégoût, il se mit à mastiquer la pâte odorante.

— Fais pas de chichis : trempe !

Il eut un geste de l'épaule remontée qui signifiait : « J'ai bien le cœur à tremper ! »

— Je sais que tu aimes tremper : trempe ! répète Isabelle en regardant sa propre brioche pomper le brun chaud.

Pressés contre le palais, la mie de brioche Jean-Jacques se sentit revivre.

« Isabelle a beau dire, quand on mange, on trahit. Il me semble que j'ai le chagrin moins triste. »

Il mangea encore deux brioches tièdes, presque fondantes et elle le laissa sans parler.

Il la voyait de profil et le profil ne seyait pas à Isabelle : on perdait l'éclat direct du regard, l'asymétrie expressive du visage dont le charme était fait de mobilité perpétuelle, de captation de l'instant.

Il souffla un ricanement bref par le nez, allumette flambante suspendue à mi-course. Isabelle se recula dans l'angle et lui fit face :

— Ça va mieux ?

Il amorça un geste las, vite retombé.

— Je t'en prie ! Où en es-tu ?

— Elda s'en va. Elle repart pour Rome après-demain.

— Ah.

— Quoi ?

— Rien, rien, continue...

— Il n'y a rien d'autre.

Isabelle aspira l'air épais du Chien qui fume, lutta une minute contre son envie d'éclater, expira en coin de lèvres, trois « tch, tch, tch » de chaudière. Et puis elle explosa quand même :

— Mais enfin, qu'est-ce qui t'a pris d'aller lui avouer cette aventure ?

Les épaules de Jean-Jacques, lentement, remontèrent, comme pour soulever une chape de fatalité :

— Y a des trucs qu'on finit par dire malgré soi.

— Oui si ça vous simplifie la vie. Non si ça la complique, dit Isabelle, durement. Je connais les hommes : ils ne choisissent pas de buter de front contre l'obstacle. Gratter à l'endroit pile où affleure la douleur, s'acharner à l'extraire lambeau par lambeau, faire en sorte de ne pas en oublier pour souffrir son comptant, c'est une distraction de femme. Les hommes essaient de s'en tirer en contournant l'obstacle. Ils oublieraient de souffrir avec délices si nous n'étions pas là pour leur rappeler : « Attention ! il fait soleil ce matin, mais la gaieté de ce matin ne nous concerne pas ! *Nous*, nous avons à souffrir ! »

La tête d'Isabelle creusa un nid dans la chair crevassée de la banquette :

— Ça ne te ressemble pas, d'avoir parlé à Carole.

Baissant les yeux, il recueillit à la cuiller, minutieusement, la bouillie de sucre au fond de sa tasse :

— Difficile d'expliquer pourquoi les choses arrivent. Carole se doutait, se méfiait, interrogeait... Elda est venue me relancer au journal. Et puis, elle téléphonait.

— Ce qu'il y a de dangereux, avec les Italiennes, c'est qu'elles ne badinent pas avec l'amour. Et elles ne tolèrent pas que les autres s'amusent, bien entendu !

Jean-Jacques intervint trop vite :

— Ne t'imagine pas que c'est Elda qui...

Mais il n'acheva pas. Il reprit, avec une obstination masochiste :

— Le coupable, c'est moi, moi seul.

Il s'interrompit, bouche entr'ouverte sur une suite difficile.

— Et pourtant, tu sais bien que je l'aimais, Carole ?

La phrase s'était étranglée sur la fin. Isabelle dit :

— Tu l'aimes.

Avec reconnaissance, il la regarda : il se sentait moins coupable puisqu'elle lui accordait le droit d'aimer Carole même en ayant couché avec Elda.

— Avant-hier soir, elle nous a suivis. Eh bien, si tu savais... En me penchant à la fenêtre de l'hôtel, quand je l'ai vue là, sur le trottoir de la rue Saint-Honoré, qui faisait les cent pas dans la pénombre, d'un réverbère à l'autre. J'ai eu une envie folle de descendre la prendre dans mes bras, pour la consoler de... de ce que je lui faisais ! Si j'étais descendu, peut-être qu'elle n'aurait pas... Mais je ne pouvais pas sortir des bras de l'autre ? Sortir d'un *hôtel* ? Qu'est-ce que j'aurais dit ? Je ne pouvais quand même pas aller la chercher ?

Il avait presque crié. Quêtait une approbation à son désespoir de n'avoir pu être bon, parce que cela ne se fait pas dans un cas pareil, et qu'il faut bien appliquer les règles du jeu ?

— Non, répondit Isabelle. Il y a des charités qui ne se font pas.

— Je l'ai laissée dans la rue. J'y ai pensé toute la nuit. J'avais peur qu'elle prenne froid. Sais-tu ce que je voyais tout le temps devant mes yeux ? Ses cheveux. Ils s'éclairaient quand elle passait sous le réverbère.

Isabelle voyait remuer sous la lumière morne la chevelure pâle de Carole. Elle bougeait par nappes qui glissaient l'une sur l'autre dans un jeu muet de soies un roulis lent d'eau de lune.

Un long silence se déroula, peuplé de leurs pensées parallèles. Soudain, Jean-Jacques demanda :

— Tu aurais réagi comme Carole, toi ?

Isabelle sursauta :

— Tu es fou ! Tu me vois en train d'avaler du gardénal ?

Il secoua la tête, une ébauche de sourire étirée sur ses lèvres :

— Mais non ! Je veux dire : tu m'aurais suivi si ?... Tu suivrais Etienne, par exemple ?

Les sourcils d'Isabelle remontèrent vers les cheveux mi-châtain, mi-argent, le front soudain labouré de rides :

— J'aurais dormi, oui !

Et sans lien apparent, elle interrogea :

— Cela fait combien de temps, au fait, Carole et toi ? Trois ans, au moins ?

— Presque.

Menton calé dans ses paumes réunies en berceau par les poignets minces, elle répéta :

— J'aurais dormi ! Parce qu'au fond, ça ne m'aurait pas intéressée.

Elle perçut le mouvement de Jean-Jacques, choqué, et surpris qu'une trahison DE LUI puisse ne pas sembler intéressante. Elle lui tapote le bras :

— Te froisse pas. Tu sais bien comme je suis.

Elle n'ajouta rien. Jean-Jacques ne saurait jamais, que passé trois mois de passion brûlant feu d'enfer, (pendant lesquels, peut-être ?) Isabelle jugeait impensable, – mais impensable ! – d'aller faire le pied de grue devant un hôtel pour traquer l'infidèle au débuché d'une couche étrangère. Quel plaisir peut-on trouver à cette chasse ? Elle redit, obstinée devant l'obstacle qu'elle ne comprenait pas :

— Qu'est-ce qui t'a pris d'avouer ? Mais qu'est-ce qui t'a pris ?

Il sentit venir à lui une responsabilité nouvelle, inutile. Celle d'avoir été stupide et tenta de se justifier :

— Carole est une fille qui a droit à la vérité, non ?

— Ha !

Ç'avait été un crachat de rire, gros d'ironie sévère et la suite jaillit :

— Et comment donc ! Droit à la vérité, droit à la mort, c'était un !

Jean-Jacques accouda son désarroi sur le guéridon parsemé de miettes dorées :

— Je me suis dit que ce serait plus propre...

— Plus propre, plus propre ! Pour qui ? Pour toi !! Et ta propreté morale, tu crois qu'elle *doit* rendre l'autre fier et résigné ? La propreté morale de l'autre, dans certains cas, c'est un luxe superflu !

Jean-Jacques fit face à Isabelle comme si elle venait de l'acculer au fond d'une impasse et qu'il ne lui restait d'autre solution pour se sauver que de crier ce qu'il garde enseveli sous la masse des remords « avouables » :

— Tu voulais que je garde les deux ? C'est cela ? J'aurais dû garder les deux ?

— Oui. Et tu ne vas pas me raconter que ce n'est pas ce que tu avais envie de faire ?

Il baissa les yeux.

Il se sentait mieux, réintégré dans le troupeau : c'est la rupture de la quarantaine. Les erreurs communes ne provoquent pas la honte.

Il sortit de sa poche un paquet mince, emmailloté

de papier de soie, déballa une chaîne de cou renflée en son milieu d'un cœur en turquoise au bout duquel pendait, tel un pleur de lait, une perle :

— Tu crois qu'il lui plaira ? Elle en avait envie depuis longtemps, je sais.

Isabelle sourit. Elle prit le bijou, étala le cœur de turquoise sur sa paume et contempla la perle qui luisait, ronde, précieuse, indifférente. Elle pensa : « Dire qu'avec certains bonhommes, il faut se tuer pour avoir ça ! Et dire qu'elles se tuent ! »

3

Une averse d'été avait lavé le trottoir du faubourg Saint-Jacques. Elle n'avait pas effacé complètement le soleil qui se mit à boire, entre ses éclipses, l'eau du bitume et des arbres de la cour.

— Ces arbres de Paris, même les gros, ils ont toujours l'air un peu malades, remarqua Isabelle ; comme s'ils ne faisaient jamais leur plein de feuilles. Entre leurs murs, ils ont du ciel à la portion congrue. Il n'y a que les hommes pour supporter ça. Et ceux-là en plus... entourés d'éclopés.

Elles étaient arrivées dix minutes en avance. Elles piétinaient au milieu des autres « visites », derrière une barrière symbolique, sous le porche d'entrée. Une nouvelle averse s'abattit d'un coup, épaisse comme une draperie. L'infirmière de garde fit entrer les gens dans le couloir du pavillon.

Le long boyau nu d'un blanc écaillé sentait le désinfectant, les médicaments et ce relent tiède, fétide, haïssable de la souffrance, des maux qu'il « faut bien » avoir pour mourir de quelque chose, d'autre chose que de la mort. Est-ce que la mort ne pourrait pas se décider à suffire, par hasard ?

Isabelle essayait de respirer à poumons rétrécis ; elle étouffait et, par moments, elle était obligée d'aspirer malgré elle une goulée de l'air qu'elle s'appliquait à souffler ensuite à fond, creusant la poitrine, la taille puis le ventre, selon la méthode du cours « Santé-beauté par le respir raisonné » de M. Gaspard.

— C'est abominable, ça ne devrait pas exister, dit-elle à France.

— Quoi ? Les hôpitaux ?

— Non, la maladie ne devrait pas exister. Je ne la supporte pas.

Le regard tendre et un peu triste de France quitta Isabelle pour se reporter sur un groupe qui patientait sur le banc. Le vieil homme portait l'expression malveillante d'un simple qu'une douleur familière taraude. Il tapait à petits coups secs sur les mains et les mollets de deux enfants pour les faire tenir tranquilles. Le garçon entr'ouvrait en sourire idiot sa bouche que déformait un bec-de-lièvre. Transparente et vive, la fillette, plutôt mignonne, mais qu'on devinait prête à casser, était enlaidie d'un pansement sous la mâchoire. Elle en avait deux autres au bras gauche.

Une boiteuse, qui déplaça sous ses jupes une odeur écœurante, se fraya un chemin jusqu'au banc, frôlant au passage Isabelle qui recula, une envie de vomir coincée dans la gorge.

— Alors, Pépère ? dit-elle au vieux, on amène les enfants voir maman aujourd'hui ? Eh ben et vous ? ça va comment ?

« Dire qu'il y a des familles d'" habitués " », pensa Isabelle. Et soudain, sous elle, le plancher se souleva d'horreur. Le vieux venait de retrousser une jambe de pantalon pour exhiber le triomphe de son « bobo » guéri : une caverne en œuf de pigeon, creusée dans le tibia, où une peau jaune s'enfouffrait, rougeoyante, bourgeonnante.

— Allez viens, on sort une minute, dit France en serrant le bras d'Isabelle.

Isabelle se remit en écoutant crisser sous ses pas le gravier mouillé. Des gouttes d'eau tombaient des arbres en arpèges égrenés par de petits coups de vent chauds de soleil.

— Rentrons, dit-elle au bout d'un moment, c'est l'heure, les autres sont déjà montés.

Les autres étaient déjà presque tous montés, en effet. Isabelle pressa le pas en tournant la tête vers le mur. France soupira :

— On voudrait cogner ! dit Isabelle avec une fougue accrue.

Son regard brillant d'une passion désespérée croisa

celui de France et elle corrigea, mordant les mots de violence au passage :

— Pas exactement cogner. Tuer ! Tuer gentiment à coups de seringue.

France commença de monter les marches en silence. Avec curiosité, Isabelle épia le profil paisible et grave, les coques sages, lissées, des cheveux, cette sérénité un peu exaspérante que dégageait France. La révolte d'Isabelle contre le mal se traduisait par une rancune injuste. Elle ricanait intérieurement : « Hein, tu ne t'attendais pas à ça ? Voilà qui fiche en l'air tes principes de pitié professionnelle ? Tu m'agaces, avec ton esprit de charité ! Ça ne sert à rien, l'esprit de charité ! Ça n'arrange rien, la bonté !

France s'arrêta :

— Tu le ferais ? demanda-t-elle, doucement.

— Quoi ? je ferais quoi ? dit Isabelle qui avait déjà dépassé ce qu'elle venait d'exprimer.

— Tu serais capable de les tuer à coups de seringue, ces malheureux, à supposer qu'on t'en donne la permission ?

Elles se faisaient face sur le palier du premier. Isabelle soutint le regard sombre étoilé de tendresse, tourna brutalement le dos à France pour attaquer la première marche du second étage.

— Tu le ferais ? répéta derrière elle la voix calme de France.

Elle jeta par-dessus son épaule :

— Nnnon. Mais qu'est-ce que ça prouve ? Que je n'ai pas assez de courage pour exercer la « vraie » pitié, voilà !

France se mit à rire. Isabelle se retourna et lança :

— Je ne voudrais pas faire son « job », ah non ! A se frotter à la misère, aux abandons de gosses, aux infirmités, tu sais ce qu'on devient ?

— Un peu bon, peut-être ?

— On devient bien-pensant et résigné ! Et c'est pire que tout !

— Et qu'est-ce qu'on devrait devenir ?

La réponse jaillit dans un spasme :

— Révolté ! Assassin ! Justicier, quoi !

— Calme-toi, dit France doucement, on arrive. C'est à droite.

4

Le drap grossier dessinait en « chien de fusil » la forme de Carole. On voyait un rond de joue pâle au-dessus et la soie floche des cheveux, collés en écheveaux ternis par la fièvre.

Mme Graulbe était assise au chevet de sa fille. Elle parlait. Isabelle fut sûre que Carole ne l'écoutait pas. Carole devait être empalée sur une seule idée aiguë, perforante : « Quand je pense que Jean-Jacques... avec Elda... »

— Bonjour, cocotte ! Tiens, le petit Cormont t'envoie ces roses pompon avec une bise. Et voilà des marrons glacés. Tu y as droit, oui ? Et puis regarde page 38 avec les félicitations du Putois.

Isabelle entendait avec gêne sa voix enjouée résonner dans le boxe étroit, aveuglant de nudité laquée.

— Je t'ai apporté un roman passionnant, dit France.

— C'est gai ? demanda Mme Graulbe dans un sourire décoloré.

Elle ajouta, ramassant son sac sur le lit :

— Je descends acheter ce que tu m'as demandé pendant que tu bavardes avec tes amies. Je peux le prendre cinq minutes ?

Du doigt elle désignait le magazine ouvert sur les douze lignes de sa fille.

— Ecoute ma jolie, dit Isabelle dès que Mme Graulbe eut refermé la porte, tu vas me faire le plaisir de te maquiller et de t'arranger un peu. Tu as l'air d'une Ophélie fraîchement pêchée !

— Mais pour quoi faire, gémit Carole, pour quoi faire ? *Maintenant !*

Une crue de larmes fit briller le bleu paradis des yeux.

— Je t'en prie, pas de ça ! coupa Isabelle tandis que France tapotait la main crispée sur la rude longotte de l'Assistance publique. Jean-Jacques sera là dans une demi-heure. Tu ne vas pas te montrer dans cet état, non ? C'est pas avec des mouchoirs qu'on lutte !

— Ah ! A quoi bon lutter ? *Maintenant !*

Les soupirs sortaient d'elle sans effort, comme un

parfum. Isabelle étira ses lèvres pour emprisonner un gros volume qui la démangeait d'exploser et qui s'échappa finalement par le nez.

— Tu sais, commença-t-elle d'une voix sans air, cramponnée à la patience, tu sais, j'ai envie de t'attraper et de te secouer par les pieds pour t'obliger à te redresser ! Comme un lombric qu'on tient par la queue et qui se contorsionne pour revoir le ciel.

France se mit à rire et Carole ébaucha un sourire de fantôme.

— Allez ! dit France. Isabelle a raison. Aujourd'hui, tu vas bien. Je vais t'aider à te faire une beauté. Ta brosse et ton peigne sont dans le tiroir ?

— Maman m'a apporté ma trousse. Non. Là-dessous.

Elle se laissa lisser les cheveux avec passivité, regard perdu.

— Vous croyez que ça vaut la peine ? *Maintenant...*

— Quoi, *maintenant* ? dit Isabelle agacée. *Maintenant*, on se néglige, on met des bas troués, on est vieille, on est moche, on s'assoit dans un square et on regarde passer les amoureux avec des yeux de veau ?

France vernissait les joues et le front de l'allongée avec une crème fluide.

— Mais tu crois que j'ai une chance ? Seulement *une* chance Isabelle ? Une *toute petite* chance ? larmoya Carole.

— « Une toute petite chance », geignit Isabelle en écho. Perds l'habitude de demander des « petites » choses à la vie. Il est curieux de constater que ce sont justement les femmes qui ont le goût de l'absolu qui s'entêtent à réclamer d'une voix de martyre de « tous petits » bonheurs de sacrifiées !

— L'engueule pas ! dit France.

— Bon, je ne t'engueule pas, bébé, tu le sais bien ! bougonna Isabelle, radoucie. Mais une chance de quoi, d'abord ?

— Une chance. Une chance avec Jean-Jacques ?

Carole se renversa sur son oreiller et se mit à y rouler sa tête avec frénésie comme pour en secouer un cauchemar.

— Carole, ma coiffure ! Ma jolie coiffure ! s'écria France.

— Ah ! je ne peux pas le supporter ! Quand j'y pense, je ne peux pas, je ne peux pas, je ne peux pas !

— Mais bon sang, n'y pense plus ! éclata Isabelle, qu'est-ce qui t'y oblige ? C'est du passé ! Remets-toi voyons. Et Jean-Jacques qui va arriver...

France recommença son œuvre de coiffeuse. Avec un tampon, Isabelle unifiait la couche de fond de teint sur le visage joliment rosi par la crise de nerfs.

— Tu sais bien que c'est toi qu'il aime, murmura France.

— Mais *elle* est si belle, si belle ! dit Carole, saisissant son miroir de poche d'une main avide.

— Et toi, dit France, tu n'es pas belle ?

Carole déplaçait anxieusement la petite glace sur laquelle défilaient des rectangles de son charmant visage.

— Mais je suis fade. J'ai pas de piquant. J'ai l'air d'une dragée.

« C'est pourtant vrai, pensa Isabelle frappée, qu'elle ressemble à un gâteau de communion. Ce n'est pas une femme, c'est un entremets.

Sous la chemise informe, la jeune fille cambra ses petits seins pour achever sa pensée.

— Elle a... elle a de la présence, dit-elle, pétrie de rancœur.

— Ha ! De la présence ! Dans la croupe, oui ! ironisa Isabelle. Ça appelle la main, peut-être ! Mais le cœur ?

— Eh bien, la main c'est pas à dédaigner, proféra Carole avec un sérieux offensé qui fit rire ses visiteuses.

— Je parie gagnant sur toi, dit France.

Tu lutterais pour conserver un homme, toi, Isabelle ?

Décontenancée par la question de Carole, Isabelle, dans un éclair, pensa : « C'est vrai, je n'ai jamais lutté pour garder un homme. Ni même pour l'avoir ! » La vision de Jean-Jacques, engoncé dans la banquette avachie du Chien qui fume lui vint. Elle se dit : « Je changerais ! »

Carole qui l'épiait, sourcils noyés d'attention à la racine du nez, murmura, encouragée à l'abandon :

— Tu vois. Même toi... Tu n'es pas sûre que tu en aurais la force.

Sa remarque tomba au moment où Isabelle pensait : « Tu n'es pas juste, tu songes à Jean-Jacques, c'est à Franz qu'il faut songer... » Et parce qu'elle était dans sa phase de passion ascendante, pendant laquelle elle eût franchi les Alpes à pied pour tomber dans les bras du Viennois, elle répliqua :

— Moi ? Je me battrais comme une lionne !

Galvanisée, Carole avança son menton rond.

— Tu as une chemise de nuit à toi ? Parce que, je te le dis, l'Assistance publique ne se fournit pas chez Dior !

— Maman m'en a bien porté une. Mais c'est défendu.

— On s'en fiche ! Tu te changeras après la visite. Tiens, France, aide-moi.

Elles la dépouillèrent comme un lapin de la grosse cotonnade taillée en sac. Isabelle s'attendrit sur la gorge légère tachée de deux fleurs roses et le dos mince si droit, parfait, couleur de crème d'été, quand les prés verts lui donnent cette touche de jaune onctueux.

— Bleu câlin comme tes yeux. C'est le bleu qui convenait aujourd'hui, fit Isabelle d'un ton où transpirait un secret.

Carole l'interrogea du regard.

— Je ne sais rien, je ne sais rien, chantonna Isabelle d'une voix qui savait. Une surprise, peut-être ? Une surprise bleue.

Elle contemplait avec étonnement la jeune fille ressuscitée, colorée au pastel, lisse des griffes du temps, tendue dans l'attente d'un hochet, et qui émergeait d'une plongée dans la mort pour un chagrin d'amour. Elle songea : « Est-ce que je me tuerais pour un amant perdu ? Jusqu'à quelle profondeur faut-il que l'amour ait rongé pour qu'en se retirant il ne laisse qu'une enveloppe vide qui ne peut que s'affaisser pour l'éternité ? Connaîtrai-je ce paroxysme un jour ? »

Elle se pencha vers Carole et la baisa sur la tempe, à la frontière incertaine entre peau et cheveux, comme elle aurait baisé un mystère, avec presque de l'humilité et la mélancolie de son impuissance.

5

La vitre renvoya la femme longue dans l'ensemble de tussor écru, les bras nus aux poignets de pouliche maigre, les jambes musclées. Dans ce miroir transparent, les cheveux étaient sans couleur, le visage trop vague pour être griffé de rides. Et cependant, même en oubliant le visage...

« Peut-être un certain fléchissement ? Invisible, oui mais *perceptible*. Perceptible à quoi ? *Perceptible à quoi ?* Je ne pèse pas un gramme de plus qu'à vingt ans et je pourrais remettre mes robes de ce temps-là si je les avais. Ce n'est pas une question de forme, c'est autre chose. Un voile. L'épaisseur du temps qui s'est déposé. J'ai l'allure jeune, oui, mais aujourd'hui, c'est parce que *je le veux* : la jeunesse ne me sort plus naturellement des pores. Et il y a des soirs où être jeune me fatigue. Moralement ? En pensée, on ne se “ tasse ” jamais, c’est bien le drame ! »

Isabelle pivota sur ses talons, regagna le jardin, traînant ses souliers dans la poudre grise. Elle se moquait de sa rêverie, sans parvenir à se regonfler : « Qu’est-ce que tu as aujourd’hui, toi ? C’est pas ton genre, de penser déprimant, ni même de penser tout court ! Et puis je te connais, demain, tu te sentiras dix-huit ans, et tu te retiendras à temps de pousser un caillou plat à cloche-pied ! »

Mais ni le soleil dans le ciel, ni le sourire dans l’âme ne se levèrent. Tout était gris, doucement gris, mélancoliquement gris : le sable du sol, l’écorce des arbres où la poussière s’accroche, les bancs, l’Apollon drapé de salissures, la façade de Valois qui se ronge de vivre à Paris, la pierre friable des balcons, la patine en satin usé des ardoises, le zinc rapiécé des toits derrière, et le camaïeu des nuages par-dessus, et le vol des pigeons au travers – trait d’union entre le gris du ciel et le gris du jardin –, et les pensées d’Isabelle, molles, centenaires. Une heure grise.

Si Etienne n’était pas parti je ne sais où fabriquer je ne sais quoi, je serais là-haut en train de faire brûler une fricassée de tomates à l’ail au lieu de rêvasser sur ce banc qui me gèle les fesses !

Revigorée par sa poussée de rancune contre Etienne, elle gravit les quatre étages de la rue Montpensier sur sa lancée de malveillance, envoya promener ses chaussures, ouvrit le réfrigérateur, avala un grand verre d’eau qui coula en elle comme un ruisseau glacé. Elle se rendit compte qu'elle mourait de faim, se souvint qu'elle n'avait pu déjeuner et se mit à sa mode bohémienne, en arrosant son saucisson d'un mâcon à reflet d'oignon qui sema la panique dans ses idées noires. Debout, vadrouillant pieds nus de la cuisine au balcon taché de géraniums, elle croquait en deux bouchées chacun de ses canapés trois fois savoureux : sommier de baguette craquante, matelas de beurre salé sur lequel on colle l'épaisse rondelle gris rose pointillée d'un blanc fondant, dont l'odeur épicée, prometteuse, mouille les papilles dès que le couteau taille dans la chair serrée.

Minouche ne résista pas à l'appel et suivit Isabelle pas à pas, frôleuse, ronron interrompu de miaous pleurards, roidissant son oreille ébréchée par d'inavouables jeux et une queue fouettante, quémandeuse.

— Tiens ! dit Isabelle en jetant dans le plat émaillé des lanières translucides.

La chatte tâta les peaux sèches d'un nez délicat, se décida à en mordiller une de la gueule prudente dont elle eût abordé un papier froissé, l'abandonna et lança à sa maîtresse un miaulement désolé. Isabelle se mit à rire :

— Ah ! Je te reconnais bien là ! La nuit, tous les chats sont gris et quand la folie te pousse, n'importe quel pelé te paraît bon pourvu qu'il ait l'esprit d'être là ! Mais pour les délices du palais, c'est une autre histoire, une histoire sérieuse. Et on ne saurait manger n'importe quoi. Tu me ressembles ! Un faux air. Allez, viens, ma gourmande, on va finir le saucisson.

6

« Madame Liorzou, pourriez-vous me “ ravoir ” du beurre salé et du saucisson de votre pays, s.v.p. ? Prenez en trois (de saucissons). »

Isabelle s'apprêtait à reposer la craie quand, elle ajouta, sur l'ardoise de la cuisine :

« Au fait, monsieur vous a-t-il dit où il allait ? Et pour combien de temps ? »

— Et à toi, Minouche, il te l'a dit où il allait, ton maître ?

La chatte noire ouvrit grand deux cercles emplis d'un vert profond, happa au vol le ricochet d'un rayon sur l'émail du fourneau et offrit à Isabelle la réponse indéchiffrable de ses iris étoilés de deux points d'or.

Isabelle tournait entre ses doigts nerveux le billet laissé par Etienne :

« Suis obligé de partir d'urgence pour deux, trois, quatre jours ? Pas plus, à mon avis, sinon te téléphonerai ou t'écrirai avant ton départ pour la Suisse. Ne t'inquiète pas, rien de grave. Une affaire imprévue que je t'expliquerai de vive voix. En principe, rien n'est changé pour nos vacances à Grado. Le store du bureau a cassé, Darbois est venu le chercher pour le réparer. Doit le rapporter après-demain : 1 200 francs à payer. Mille tendresses. E. »

Etienne avait raturé un début de mot « acc »... (accident, probablement ?), ajouté un « e » à l'article et continué par « affaire ».

« Accident. Il a voulu écrire accident », pensait Isabelle. Accident de quoi ? Ils n'ont plus, l'un et l'autre, que de vagues cousins de qui l'on ne reçoit que des faire-part. Les amis ? Etienne aurait écrit : « Machin a fait le tonneau sur la nationale, je file à l'hôpital de Lyon. »

« Il a biffé accident. Donc il s'agit d'un accident. Il dit plus loin : " En principe, rien n'est changé pour nos vacances à Grado. " Donc, cet accident risque de modifier nos projets ? Ah non ! Ah mais non ! *Il faut* que j'aille à Grado, moi ! »

Elle arpenta avec nervosité le bureau, se cognant aux fauteuils Napoléon III bouffis de capitons, collecta avec fureur les journaux épars sur les meubles – Madame Liorzou les respectait scrupuleusement –, redressa d'une chiquenaude une marine penchée dans son cadre, alluma une cigarette, toussa, l'écrasa sur la pierre du balcon et se mit à noyer son impatience de Grado, son impatience de la halte à Constance, en gavant d'eau la terre craquée des géraniums qui pompèrent l'aubaine en gargouillant de satisfaction. L'arrosoir vide pendu au bout du bras, elle se pétrifia, envahie d'une certitude qu'elle n'avait pas sentie se former en elle :

— François !

Bien sûr, il s'agissait de François, comment n'y avait-elle pas songé ? Il était arrivé quelque chose à François !

— Mon Dieu ! Pourvu que ce petit...

Faire quelque chose pour lui qu'elle ne connaît pas et pour qui elle se prend à trembler d'angoisse ! Faire quelque chose pour Etienne, qu'il la sente près de lui, épouse de son chagrin, de son malheur, de son désespoir si... Ou de son inquiétude. Mais que faire ? Et où ?

Isabelle laissa tomber l'arrosoir joujou sur le plomb du balcon, récupéra ses chaussures dans l'entrée, brossa ses cheveux, mordit ses lèvres et se précipita dans l'escalier, sous les yeux d'une Minouche offensée dans sa sérénité.

Traversant la rue Montpensier en deux bonds, Isabelle escalada les marches du passage de la Moisanderie, grimpa d'une traite deux étages noirs à relents moisis et frappa du poing chez Mme Liorzou :

— Madame Liorzou ? Madame Liorzou, monsieur ? Vous l'avez vu partir avant-hier ?

— Ben oui, madame. Pourquoi ?

— Il était comment ?

De surprise, Mme Liorzou gratta un menton barbu comme groseille à maquereau :

— Ma foi... il était comme d'habitude, dit-elle enfin.

— Ah ?

Elle était décontenancée. Dans sa fougue naissante, elle avait volé au secours d'un blessé, et elle avait l'impression d'arriver, essoufflée, devant un gaillard qui demande : « Et vous, comment ça va ? » Elle insista :

— Vous ne l'avez pas trouvé... drôle ?

— Drôle ? dit Mme Liorzou dont le regard gris s'arrondit. Drôle comment ?

— Triste, quoi...

— Non.

— Enfin... un peu affolé ?

— Affolé ! M'sieur Jolly ? Ha ! Y en faudrait beaucoup !

La tête ficelée de deux nattes poivre et sel se balança un temps et s'arrêta soudain :

— I' serait-il arrivé qué'que chose ?

— Non, non, dit vivement Isabelle, une idée qui m'est venue, comme ça. Merci, madame Liorzou. Alors, en somme, monsieur était plutôt gai ?

— Gai, gai ! J'ai pas dit gai ! L'est jamais ben folichon. L'était comme d'habitude, j'peux mas mieux dire. Un peu pressé, p't-être ? Enfin, moi, j'l'ai vu comme ça, acheva-t-elle avec circonspection.

Elle examinait Isabelle et on voyait qu'elle pensait : « Est-qu'i s'rait fichu le camp ? Un homme qu'a l'air si sérieux ? Mais avec eux, on sait jamais, le meilleur vaut rien, à preuve le mien ! »

— Bon, au revoir, madame Liorzou. Excusez-moi. Ah ! Je vous ai laissé un mot pour le saucisson.

7

Donc, il n'est rien arrivé à François. S'il était arrivé un accident à son fils, Etienne aurait eu l'air affolé.

Isabelle tenta de matérialiser dans une sensation le sentiment paternel d'Etienne, mais elle n'y parvint pas, ne trouvant rien en elle qui lui correspondît. Elle pouvait seulement croire : « un père *doit* s'affoler à propos de son fils. »

Quel âge avait donc François, qu'elle n'avait jamais vu ? Qu'Etienne voyait si peu parce que sa mère le lui dérobait à titre de vengeance ? Quinze ? Non, plus. Voyons : Etienne et elle sont mariés depuis douze ans. Seize, dix-sept environ ? Assez pensé à François puisqu'il ne lui était probablement rien arrivé, qu'il se perdrait bientôt dans le monde des adultes, étranger à leur couple comme il le fut toujours.

Isabelle retrouva sa rancune contre Etienne. Il lui devait d'être là quand elle débarquait de Rome bruissante de nouveauté, pleine de paroles, de joie, de récits qu'elle eût fait tourner avec un délice pervers autour d'un homme invisible, en halo scintillant cachant un noyau de feu. Etienne la frustrait d'une part de son plaisir. Elle qui n'était pas faite pour la méditation, elle se retrouvait là, seule avec son désir muet, et le silence faisait monter en elle une impatience, merveilleusement injuste.

« J'ai besoin d'Etienne, moi ! De quel droit n'est-il pas là ? » Une question lui poussa, saugrenue, semblable à un caillou sous une dent : « Et si Etienne mourait ? » Elle se sentit perdre pied, sombrer dans un gouffre inexploré, celui qu'elle avait entrevu une ou deux fois, lorsqu'elle s'était trouvée devant un être d'ivoire glacé, vide, incomparablement absent, gênant comme la mort. « Et si Franz mourait ? » Elle perçut la révolte de son corps amputé de la récompense de la longue attente. La différence fut si nette entre les deux réponses de sa sensibilité qu'Isabelle fut consternée :

« Mauvaise, mauvaise ! » se fustigea-t-elle, outrée d'avoir le cœur tordu en évoquant la mort de l'inconnu désiré et de rester béante devant l'infini en effleurant celle d'Etienne. La mort de Franz était imaginable et celle d'Etienne ne l'était pas. Isabelle ignorait que la douleur vraie gisait au fond de l'inimaginable absence.

« Pourquoi est-ce que je ressasse des idées stupides ? C'est l'hôpital. J'ai dû attraper le virus de Carole. Je ferais bien d'avaler de l'aspirine. »

Allongée devant la fenêtre, sur le tapis fleuri de sa chambre, elle voyait les nuages ardoisés s'ourler en haut de l'écume rose d'un soleil invisible qui devait mourir quelque part. L'écume brillante fondit, les nuages se doublèrent d'un fond mauve sur lequel s'étira le gris : on aurait dit des mousselines qui jouaient l'une sur l'autre avant de se dissoudre dans un bleu éteint qui allait noircir.

Minouche renversée, ventre offert, guignait un dernier frelon mi-brun velours, mi-jaune souci. Elle griffait l'air de coups de pattes malhabiles, rétractiles, peureux, ongles recourbés sur ses semelles roses. D'un coup de reins, elle se retourna sur pattes, arquée en U, crachant son dépit. Son attitude criait : « Dieu ! que je t'aplatirais avec plaisir... si je ne craignais pas que tu me piques ! »

— Lâche ! dit Isabelle à mi-voix, tu voudrais le plaisir sans danger.

Alors, le rire doux de Franz lui parvint : « Vous vous ressemblez, les chats et vous. »

— Eh bien, et moi, en fait ? ajouta-t-elle tout bas.

Le frelon caressa la tête d'un géranium, dansa devant chaque pétunia un ballet de reconnaissance, élut un entonnoir blanc festonné de bleu et s'enfonça dans son cœur, tête baissée, silencieux soudain de volupté, perdu dans un baiser goulu.

8

Un fil jaune étincelant coupait en deux le rideau sombre. « Il fait beau », pensa Isabelle, les idées encore floues, diluées dans le regret du sommeil. Elle sentait que ce coton flottait dans l'agréable : un matin bleu. Elle bâilla, roula sa tête hérissée de désordre sur l'oreiller écroulé, poussa ses pieds, l'un après l'autre, vers le fond d'un lit tiède. L'image de Franz refit surface et elle se dit : « Encore deux matins et je pars. » La vie avait un goût d'été à la campagne.

Sa main droite tâta la place refroidie qu'Etienne avait quittée. Le vieux parquet cabossé communiquait au lit une trépidation rythmée. « Deux... trois et quatre... cinq et six... sept et huit... Il y en aura cinquante, pas un de plus, pas un de moins : c'est la seule addition dans laquelle Etienne ne se trompe jamais ! » Isabelle se sentit sourire sous ses paupières closes. Elle imagina son mari, vêtu de son caleçon court, expirant en cadence avec l'application ennuyée d'un abonné au Réveil musculaire. Avec une satisfaction moqueuse, elle palpa son ventre plat et dur de paresseuse, s'assit d'un coup de reins et sauta à pieds joints ouvrir au soleil.

Dans le bureau, Etienne effleurait la carpette au commandement de la radio, du bout des ongles, en trichant des genoux. Assise à l'égyptienne sur le pouf cramoisi harnaché de cordelières et de pompons d'or comme un cheval de cirque – Napoléon III – Minouche faisait figure d'arbitre intelligent, ponctuant l'effort de son maître au ralenti, une fois sur deux, d'un hochement de tête.

Isabelle s'avança, souple dans sa chemise de linon bleu et, avec une grâce négligente, jambes raidies, appliqua ses paumes à plat sur le tapis :

— Comment va, Tiénou, depuis cette nuit ?

Tiénou ne sembla pas avoir entendu. Il ne pointa pas son nez vexé pour remarquer : « Pas malin ! Tu n'as aucun mérite. Quand on a fait de la danse classique. » Isabelle s'assit en tailleur et apostropha le gymnaste :

— On parle ?

Etienne leva des yeux blancs et souffla en cadence, boxant l'air de ses poings.

— La barbe ! grogna Isabelle en se dirigeant vers la salle de bain.

Etienne était rentré à minuit, réveillant sa femme

qui s'était mise à dégorger un flot d'histoires : Rome, Carole, Elda et potins du jour jusqu'à ce qu'Etienne ait dit doucement : « Et si on dormait un peu ? » Isabelle, à son ordinaire, avait demandé : « Au fait, d'où viens-tu donc ? Tu vas bien ? » avant d'ajouter : « Oui, tu as bonne mine. Bon, tu me raconteras ça demain. B'soir, Tiénou. »

Ce n'était pas qu'elle se désintéressât d'Etienne, non. Mais dès l'instant qu'il était là, il fallait d'abord qu'elle se délestât « de son plein », qu'elle se déversât en lui, perpétuelle confessée volontaire. Elle ignorait que c'était ce qui la rendait légère devant la vie. Sans doute Etienne le savait-il et c'est pourquoi il attendait, patiemment, son tour de parler ; de parler peu.

Dès que la douche eut réveillé chaque grain de sa peau, Isabelle retrouva d'un coup la curiosité qui l'avait fait grimper hier chez Mme Liorzou. Elle interrogea à travers la porte close :

— D'où viens-tu, pigeon voyageur ?

— Une seconde ! répondit de la chambre la voix d'Etienne, tu sais très bien que je ne peux pas parler en m'habillant.

Isabelle haussa les épaules et souffla un soupir. Non, elle ne saura jamais pourquoi *on ne peut pas* parler en s'habillant alors qu'*elle*, elle peut parler en se brossant les dents !

— Tu m'énerves ! tu m'énerves ! tu m'énerves ! cria-t-elle.

— J'ai l'habitude, dit la voix, sans ennui.

« Il met ses chaussures... » La corne du chausse-pied sonna sur le marbre de la commode. « Il grogne. La chemise neuve aura rétréci au lavage. »

— Sacrée camelote ! C'est une cochonnerie, tu sais, cette popeline garantie ! dit la voix.

« Il ramasse le contenu de ses poches sur la table de nuit il va me demander si je veux de l'argent. »

— Tu as besoin d'argent, minet ?

Isabelle rit silencieusement.

— Mille ! Donne-moi mille.

Savoir un homme par cœur, quel confort ! Isabelle s'étira dans ce bien-être. Elle pensa : « Ce que ça m'aurait ennuyée de rejoindre Franz avant d'avoir vu Etienne ! » Situation d'un parachutiste qui assure sa corde avant de sauter.

— Alors, on parle ? demanda-t-elle, surgissant dans la chambre, coiffée, parfumée, claire et fraîche dans un tailleur de lin vert d'eau.

Etienne la contempla d'un air romantique comme s'il regardait passer une source dans un sous-bois. Il ouvrit les bras.

— Profite, dit-elle, j'ai pas de rouge.

Elle frotta un peu son nez court sous le collier de barbe couleur de café pâle qui montait rejoindre les cheveux haut sur les tempes, encadrant avec noblesse le visage aux pommettes larges. Sur le front bombé, prolongé presque jusqu'à mi-crâne par une calvitie seyante, une pensée réfléchie avait creusé trois rides. Sous les sourcils bruns les iris avaient la même couleur bienveillante de café à moirures jaunes.

Isabelle renversa le buste et scruta son mari avec attention :

— C'est pourtant vrai que tu as une barbe de penseur !

Etienne rit de son rire toujours court :

— Pourtant, quelqu'un a dit que la barbe ne fait pas le philosophe.

— Malin ! bougonna Isabelle en se dégageant. D'où viens-tu ?

Un voile passa sur le visage d'Etienne. Invisible mais Isabelle le vit.

« Toi, tu me caches quelque chose », pensa-t-elle. Tout haut, elle dit :

« On déjeune ? Tu me raconteras ça à table. »

9

En dépit de son caractère impatient, Isabelle avait une qualité d'homme : elle savait ne pas interroger quand elle percevait le repliement d'un être.

— Tu peux venir, dit-elle, le pain est grillé à point. A point pour faire du charbon de bois, acheva-t-elle tout bas, mais moi je l'aime comme ça !

Elle poussa vers Etienne une cafetière :

— Mets beaucoup de lait, ce matin.

Le beurre fondait, pénétrait les pores des rôties chaudes. Isabelle croquait, cils baissés vers son bol, silencieuse, ne levant les yeux que pour contempler par-dessus la tête d'Etienne le ciel qui charriait des troupeaux de nuages blancs l'un derrière l'autre, en moutons qui s'en allaient se précipiter dans l'infini. De son bol à la fenêtre et de la fenêtre à son bol, elle prenait garde de ne pas rencontrer les yeux d'Etienne afin de le laisser « mûrir à l'ombre ». Et sans doute, ne se sentait-il pas suffisamment abrité, car il fit une chose rare : il déplia un quotidien de la veille qui traînait sur le buffet et s'y engloutit jusqu'aux sourcils.

Malgré sa volonté de bienveillance, Isabelle fronça le nez sur ce qui lui restait d'Etienne : le haut front nu cerclé en arrière d'un ruban de cheveux courts. « Non, vraiment, il exagère ! »

Abandonnant *France-Soir*, il mâchonna une seconde tartine, sans la goûter et repoussa les deux autres.

« Deux seulement ? C'est peu. Décidément, c'est sérieux. » Isabelle sentait grossir une boule de neige : dans la cuisine rouge et blanche, le temps était à l'avalanche. Elle se mit à épier. Et soudain Etienne leva les yeux sur sa femme : son regard portait le tendre éclat mouillé annonciateur des gentillesses et des tuiles. « Ça y est ! » nota Isabelle en se préparant au choc.

— Thérèse est morte, dit Etienne.

— Thérèse ? répéta Isabelle en écho parfaitement neutre.

Elle se trouvait dans la position de celle qui s'attend à encaisser un ballon de football et reçoit un biscaïen, un biscaïen de nulle part. Elle roula le projectile dans sa tête : « Thérèse ? Thérèse de Lisieux ? Thérèse d'Avila ? Thér...

— Ah ! mais bien sûr... *Thérèse* ! s'exclama-t-elle saisissant enfin le fil du labyrinthe. Et elle amorça un petit rire de satisfaction soulagée, qui n'était pas de mise et qu'elle coupa brutalement.

— Et de quoi est-elle morte ? interrogea-t-elle sans se soucier de la réponse et pour se donner le temps de songer : « Qu'est-ce que ça peut me faire que Thérèse soit morte ? Et à lui ? Voilà presque seize ans qu'ils sont divorcés. Au même moment un nom jaillit d'elle :

— Et François ?

— Eh bien oui, François. Justement... François.

— Où est-il ? Au fait, elle est enterrée ?

— Je viens de te le dire.

— Ah oui, pardon. Alors François ?

— Il est resté *là-bas*.

— En Bourgogne ?

— Oui.

— A la ferme ?

— Oui. C'est beaucoup plus qu'une ferme, tu sais ?

— Tout seul ?

— Avec son oncle.

— Son oncle, voyons ? Ah oui, ce célibataire, hein ? Cet ancien fêtard ? Comment l'appelais-tu, déjà ?

— Marius. Il n'a que cet oncle-là, d'ailleurs.

— Il habite là-bas maintenant ?

— Marius ? Depuis dix ans.

— Fortune faite ?

Etienne sourit :

— Après fortune défaite !

— Il possède bien la moitié de la ferme, enfin du domaine ?

— Il la possédait ! Il l'a croqué comme le reste. Thérèse lui avait racheté sa part depuis longtemps.

— Alors, c'est François l'unique héritier ?

— Oui.

Une moue gonfla la bouche d'Isabelle :

— Ça va te poser, un fils riche !

Etienne fit entendre un « tss » irrité sous lequel perçait l'amertume. « Voilà où le bât le blesse, pensa Isabelle, l'argent du fils ne fait pas le bonheur du père. » Tout haut, elle reprit :

— Il a dix-sept ans, non ?

— Seize et demi.

— Au fond, tu ne l'as jamais connu ?

— Si peu !

Le « si peu », sourd, contenait un désenchantement. Isabelle éclaira ses yeux d'une caresse, posa sa main sur celle de son mari :

— Tu vas pouvoir faire connaissance... maintenant.

Il répondit par un proverbe :

— Le temps perdu ne se rattrape pas.

— Qu'est-ce que tu me chantes, avec tes lieux communs ? Et si je te répondais par : « Il n'est jamais trop tard pour bien faire » ? Comment est-il, cet oiseau ? Il te ressemble, au moins ?

— Tu veux voir une photo ? J'en ai une récente.

— Naturellement, je veux ! Tu ne me montres jamais rien ! s'écria Isabelle, oubliant qu'elle n'avait jamais demandé de détails sur ce fils trop abstrait.

Elle examina l'adolescent. Cheveux bouclés, serrés en toison contre le crâne, semblables à ceux qui restaient à son père. Même regard en amande dans un visage long aux pommettes de Mongol. Il ne paraissait rien lui rester de son expression d'enfance. Etienne lui-même avait-il jamais eu l'air d'un enfant ? Ne portait-il pas ce regard grave, un peu triste, tourné vers le mystère de sa pensée ?

— Il me plaît, murmura Isabelle. Il n'a pas l'allure d'un vigneron. Ah oui ! se reprit-elle, tu me l'as dit : il « fait » ses études. Ses études de quoi ?

— A son âge, ses études tout court ! Il vient de passer son bac, latin, grec.

Isabelle siffla de respect en rendant la photo :

— J'espère qu'on trouvera un sujet de conversation. Il allait au lycée de Mâcon ?

— Non, il était pensionnaire à l'Ecole des Roches.

Elle arrondit ses yeux verdissants qu'un reflet de soleil taquinait, pailletait de moquerie vive :

— L'école des rejetons de vedettes ?

Il inclina la tête :

— Mais faut une Cadillac en or massif pour aller là, non ?

— On peut y aller aussi pour rencontrer des écoliers en Cadillac.

— Pourquoi l'as-tu fourré là ?

Il haussa les épaules :

— Ce n'est pas moi. Thérèse avait des idées comme ça. Elle voulait qu'il se fasse des relations.

— Pourquoi faire ? Elle en avait besoin pour écouler ses vins ? demanda Isabelle.

— Mais non, voyons ! C'était pour lui, plus tard. Pour sa situation. Les relations, ce n'est pas inutile, tu le sais bien.

— Encore faut-il deviner celles dont on aura besoin dans le métier qu'on choisira !

— On peut choisir son métier d'après les relations qu'on a. Cela ne s'appelle plus un métier, mais une situation.

Les boucles brunes tachées d'argent dansèrent d'allégresse :

— Tiens ! C'est comme si tu me disais qu'on t'installe dans un pullman de luxe pour Amsterdam quand tu veux partir pour Athènes.

Etienne se mit à rire sans bruit. Le poids d'amertume qu'il avait traîné fondait lentement dans la joie d'Isabelle, la bonne joie chaude qui allait tout arranger, tout réunir dans le quotidien.

10

— Alors, il arrive quand, le bébé ?

Etienne regarda sa femme avec une expression indéfinissable.

Debout dans l'entrée, enfilant ses gants, elle penchait la tête de côté, yeux mi-clos, dans l'attitude d'un oiseau guetteur :

— Tu ne comptais pas m'apprendre son débarquement, non ?

— Non.

Et il ajouta :

— Demain matin. Je voulais te préparer un peu.

— Très peu, en effet. Tu as de la chance, je suis adaptable ! Il va falloir lui débarrasser la chambre fourre-tout, ce n'est pas le plus drôle.

— Oh ! il pourrait se contenter du divan du bureau, peut-être ? A son âge, on dort n'importe où.

— Ah non, par exemple ! Tu supporterais que ton fils soit moins bien installé que le bazar ?

— Lui... c'est provisoire, murmura Etienne en détournant la tête.

Isabelle laissa le temps de marquer un point, donner du poids à ce qui allait suivre et dit lentement :

— Tu sais très bien que ce n'est pas vrai. Où irait-il, ensuite ? A l'orphelinat ? Dans les vignes, avec son noceur d'oncle ?

— Tu voudrais bien le garder ?

— S'il veut. C'est lui qui choisira. Il faut bien qu'il finisse ses études ? Tu ne vas pas le remettre dans sa cage à millionnaires ?

— Non, s'il n'y tient pas.

— J'espère qu'il n'y tiendra pas. Je les hais !

— Qui ?

— Les millionnaires au maillot.

— Ah ! c'est vrai ! Je l'oubliais. Pourquoi, au fait ?

Elle montra ses canines et dit :

— Parce qu'ils sont d'une race ennemie. Celle qui ne crève pas de ne pas travailler !

Etienne s'approcha, baisa à petits coups légers la bouche charnue frémissante du passage des mots de colère :

— Mon petit chevreau joyeux. Tu dis parfois de ces choses... qui viennent de plus loin que ta pensée.

Elle éclata de rire :

— On ne dit pas mieux que je n'ai rien dans la cervelle ! Je te pardonne. Si tu ne vas pas à *Paris-Panorama* ce matin, commence à dégager la chambre bleue...

— Et toi, où vas-tu donc, si belle ? Pas à *Jolie Madame* ?

— Faire des courses pour moi. A propos ?

Se dégageant des bras de son mari, elle imita l'air sévère d'une bourgeoise économe :

— On a mal à l'argent, ce mois-ci ? Ou non ?

— Rien de plus qu'une faiblesse chronique.

— Bon. Alors, fais adieu à ton billet de mille.

Il la retint un instant, par son bras de lin vert nil, frais à remplir la bouche d'un goût de source :

— Tu es incroyable ! Nous étions deux. Du jour au lendemain, nous allons être trois. Je rentre, je t'annonce l'arrivée d'un fils que tu ne connais pas et que je ne connais guère davantage, et tout ce que tu dis, c'est : « Commence à dégager la chambre bleue. » Ce bouleversement te paraît naturel.

— Tout est naturel, puisque tout arrive, dit-elle.

— On peut s'étonner, même du naturel ?

Isabelle réfléchit une seconde :

— Je crois qu'on devrait ? Mais du point de vue des sentiments, je ne fais pas la gamme complète ! Tout me fait de l'effet, mais rien ne m'étonne !

11

— J'ai horreur d'acheter un soutien-gorge, grogna Isabelle les bras croisés sur sa poitrine nue. Ces essayeuses qui vous tripotent les seins : « Baissez-vous en avant, laissez-*les* se placer au fond des bonnets. » Elles les compriment dans le Nylon raide comme si c'étaient des ennemis personnels, qui rebondissent sournoisement pour les embêter ! Il vaut mieux ne pas imaginer le nombre de paires de seins qu'elles ont essayé d'y mettre avant les vôtres !

Elle s'observa sans indulgence dans la glace de la cabine : « J'ai l'air indécent d'un lapin à moitié dépouillé » et attendit la provende de doubles-corbeilles fanfreluchées, gansées, que l'essayeuse était allée moissonner sur les comptoirs et qu'elle rapporterait enfilée sur ses bras par les bretelles semblables aux dépailles glanées sur le champ d'un festin orgiaque.

Soutien-gorge, porte-jarretelles. « Je fais strip-tease neuf ! Il faut revêtir la femme nouvelle. Tant qu'à être passée par Paris, autant que ça me serve un plaisir supplémentaire ! »

Isabelle déambulait aux Galeries Lafayette. A sa gauche, les comptoirs dégorgeaient une écume de mousselines en fleurs, des flocons de soies miroitantes où plongeaient des mains, fascinées, cupides. Se parer pour s'offrir. Isabelle avait une horreur physique des grands magasins, de leur moiteur, des queues devant les caisses. Ah oui ! De leur concentration en femmes surtout, pas toutes bien lavées et contre lesquelles il faut se frotter, comme dans le métro.

Ce matin, il était bon d'y baguenauder avec le fantôme de Franz à son côté : « Ma chérie, cette écharpe bleue vous irait si bien au teint. » – « Et ce collier de cristal rose, vous aimeriez ? » Les hommes ne font jamais leurs présents avec tant d'à-propos que dans les rêves. Ce n'est pas une question d'amour ou de générosité. Ils laissent passer l'instant du don. De *tel* don, unique irremplaçable. Les amants croient que leurs présents sont interchangeables : « Tiens, c'est le 18 : faut que j'*achète quelque chose* pour Isabelle. » – *Quelque chose.* – C'est-à-dire rien. Un « truc ». Et ils appellent ça un « cadeau » ! Un mot qu'on rapporte enveloppé de papier glacé, enrubanné, et qui a des relents de date fixe, de rancune inavouée, de « au-petit-bonheur » – la malchance, de « je-vais-chez-Carlotta-on-peut-se-garer », de joie obligatoire, de vendeuse. « Ce pull dragée... il irait bien à une blonde. »

— Elle était blonde, ta vendeuse, chéri ?

— ... O... ui, je crois. Pourquoi me demandes-tu cela ?

— Pour rien. Comme ça.

Ce cadeau haïssable qui n'a jamais le parfum incomparable de l'objet *élu*, précieusement, pour vous seule, parce qu'il était fait pour vous seule. Ou presque jamais. Une image, nonchalante, traversa Isabelle. Jean-Loup...

« Rien de tel qu'un homosexuel pour savoir faire la cour à une femme. Je ne sais pas. Ce doit être leur sixième sens. Celui qu'ils ont en trop. Le sens mixte. Peut-être les autres sont-ils incomplets ? »

Cette sélection des mâles par la perversité ne satisfaisait pas Isabelle. En pensée, elle corrigea : « Oui, mais il arrive un moment où leur " mieux " est l'ennemi du " bien ", alors non ! Le sage est de se résigner. Ah ! les hommes ne nous gâtent pas : impossible avec eux d'avoir tout ensemble, l'impalpable et le solide ! »

Elle s'immobilisa, l'œil allumé de moquerie, pour contempler, vingt pas devant elle, une scène qui l'amusait.

Philippe Adam était accoudé au stand rose des parfums Juvenia. Dans son costume cher mal coupé – on ne pouvait pas dire exactement s'il était mal coupé d'origine ou s'il le devenait quand Adam l'avait sur le dos ? – il penchait vers la vendeuse le sourire jésuite de sa face camuse. Sous la courte brosse dure de la moustache, Isabelle devina le ronronnement à prétention distinguée, truffé de liaisons à la « loup pélagneau » et de consonnes doublées style

Comédie-Française. Irréductible – hélas – l'épi de cheveux noir planté à la terminaison de la raie retenait l'œil de la vendeuse rose dont le sourire Red Spring, payé au mois, attendait que l'épi s'en allât, lesté de Pomme d'Eve ou de Cosmos, le dernier-né.

« Quel idiot ! pensa Isabelle. Si la fille voulait... Il vient acheter un « truc » pour une autre, mais Miss Juvenia rose lui ferait un cinq à sept de plus à accrocher à sa panoplie de petit-bourgeois laid à complexe de tombeur. Seulement, monsieur est privé de son moyen de séduction le plus efficace. Et comme il est à peu près aussi attractif qu'une mouche dans un bol de lait !

Histoire de troubler la séance de charme, elle se rapprocha du don juan. C'est ainsi qu'au journal on avait baptisé le mari de Noëlle Adam, pharmacien de famille, qui exhibait sa laideur sans remède au volant d'étonnants mastodontes farcis de chevaux et bardés de chromes qui centuplaient sa faible puissance de chasseur mal armé. Comme disait Gladys : « Lui n'est qu'un canasson, mais il est relayé par trente-cinq chevaux ! »

Quand elle arriva derrière Adam, Isabelle nota la main, girouette ballante au bout du bras accoudé, qui caressait l'air négligemment, aux alentours du corsage rose.

— J'aime admirer ces affres d'un mari attentionné, dit-elle sans préambule, en effleurant d'une chiquenaude l'épaule penchée.

Philippe Adam sursauta, éteignit ses yeux bruns, croisa sans plaisir le regard clair de malice.

— Pour une blonde à l'œil honnête, caractère doux et peau blanche, ce sera « Pomme d'Eve », mademoiselle, poursuivit-elle, piétinant sa gaffe avec délice.

— Ce n'est pas pour Noëlle, dit Philippe.

— Non ? Pas possible ? fit Isabelle, étonnée à gifler.

La vendeuse rose buvait du lait, intéressée soudain.

— Madame a raison, intervint-elle, suave, pour une blonde douce, « Pomme d'E... »

— Cette dame n'est pas blonde !

Le pharmacien mordilla sa lèvre tremblante d'agacement et puis, bon gré, mal gré, il inventa, pour respecter les règles du jeu social :

— Il faut que j'envoie une « babiole » à ma cousine Julia, qui m'a hébergé durant mon séjour à Bruxelles. Et puisque vous vous trouvez *heureusement là*, ma chère amie...

— Bon. Comment est-elle ? interrogea Isabelle, affairée, jubilante de méchanceté interne.

— Quarante. Grande, un peu forte, châtain, je crois.

— Et bonne fourchette, je vois ça ? Mademoiselle, c'est du classique : Ambre vert et rien d'autre.

Ils sortirent ensemble du magasin, Philippe Adam agrémenté de son paquet rose pendant qu'Isabelle pensait « Et voilà ! Un cadeau de plus ! Un cadeau de mâle. »

12

Si Isabelle avait osé, elle aurait éclaté de rire, seule, sur le trottoir, en regardant s'éloigner la traîne étincelante de la Thunderbird.

Philippe avait proposé de la reconduire ; elle avait été si aimable pour le parfum, on ne savait jamais ? Isabelle n'avait pas voulu perdre sa solitude bercée par Franz. Elle avait dit : « Non, merci, je rentre à pied. » Alors il avait proposé : « Venez au moins voir mon dernier joujou ? Fraîchement débarqué. »

Le joujou était parqué à son aise dans la rue du Helder comme un piano à queue dans une pièce de séjour. Derrière le pare-brise, on aurait exposé une dizaine de chapeaux.

Adam avait flatté de la main le flanc crème émaillé, huilé d'une coulée de soleil.

— Des reprises ! Et puis une douceur...

— Dans la carrosserie ? Plutôt dangereux, une carrosserie molle, non ?

Il avait haussé les épaules :

— Oh vous ! Rien ne vous paraît sensationnel !

— Pas ça.

Un temps d'arrêt. Et puis, suave :

— D'ailleurs, vous savez bien que, pour moi, les carapaces. Tout est dans le contenu... comme pour le homard.

Le homard avait dû rappeler à Philippe Adam un

souvenir rouge d'amour-propre ébouillanté, d'il y a quatre ans.

En ce temps-là, un soir où Noëlle se trouvait dans sa famille et Etienne à Berlin, Philippe et Isabelle s'étaient croisés par hasard dans la rue, et retrouvés deux heures plus tard sur la banquette de chez Le Duc, sous les guirlandes de filets de pêche à pompons de liège, devant un homard grillé. « On ne sait jamais », avait dû penser Philippe. Isabelle, n'avait songé qu'aux crustacés, au loup grésillant dans la fumée de fenouil, aux plats d'écorce fleurant les arômes d'une bouillabaisse haute en couleur. « Je ne regarderai pas Philippe, s'était-elle dit, il me couperait l'appétit. »

Aussi, quand il lui avait pris la main avec le regard humide d'un désir alourdi par le rosé de Provence, l'avait-elle retirée en riant.

— Mais, mon petit, avait dit Adam, vous dînez avec moi, voyons !

— Je *dîne*, en effet...

— Et pourquoi donc dînez-vous avec moi ?

— Parce que vous m'avez invitée, non ?

— Et pourquoi avez-vous accepté ? Hein ?

Ironique, Isabelle avait contemplé le vilain Adam essayer de faire à Eve le coup de la pomme, sous l'œil mort d'un homard.

— Hein ? répétait-il, essoufflé par la bonne chère.

Alors, elle avait dit, pleine de naturel :

— Pour le homard, tiens ! Et vous pas ? oubliant

qu'un homme qui paie l'addition est rarement là pour le homard !

« Pauvre Philippe », pensa Isabelle en remontant le boulevard Haussmann « il a beau faire, les femmes ne lui *vont* pas. Rien ne lui va, pas même sa richesse. Sa voiture, elle est à lui depuis... depuis son grand-père. Eh bien, il a l'air de l'avoir louée hier sans chauffeur. Pauvre Noëlle ! Quoique, dans le fond, celle-ci... »

Elle évoque Noëlle jeune, blonde, rose et fraîche, lisse et rebondie, bonne, douce, aux yeux pâles et mornes. « Une jolie vache normande. Ce n'est pas étonnant si sa vie consiste à regarder passer les voiturées de plaisir de son bonhomme : c'était son destin. Pas de danger qu'elle le trompe un jour, hélas ! Elle y tient, à sa fidélité, parce que ce n'est pas une qualité chez elle, c'est un vice ! Les vices, on y tient, c'est connu.

Le bleu du ciel de juillet étincelait. Boulevard des Italiens, les cordons de géraniums du Crédit Lyonnais éclataient, miraculeux comme une bouffée de nature suspendue entre pierres et asphalte. Les passants traînaient, mols de soleil. Ils semblaient de passage, à peine revenus ou prêts à partir pour ces horizons rafraîchissants affichés par les clubs de vacances. Leur troisième œil ballottant sur le ventre au bout d'une bandoulière ; les touristes relayaient les Parisiens absents. Les femmes promenaient leur aspect de fleur ouverte qu'elles prennent quand il fait chaud. Le cœur d'Isabelle pétillait. Elle se mit à fredonner par bribes :

Tout Paris me fait ce matin
Un accueil plein de gentillesse...
Tralala... on dirait vraiment
Un baiser d'amant.

Etonnés, les passants proches se retournèrent sur cette femme au visage radieux, souple et verte comme l'eau, qui chantait. Et soudain, Isabelle remarqua les sourires, les hochements de tête, l'ironie gentille qui l'entourait. Elle s'interrompit, furieuse et attristée :

« Et voilà ! Ces néotristes me croient folle parce que je chante ! Je suis à enfermer *puisque je chante* ! Que vient faire une chanson dans les rues de Paris, je vous le demande ? A la campagne, passe encore ! Attendons donc le week-end pour vivre gais si nous n'en avons pas perdu la recette ! »

Haussant les épaules, elle termina sa chanson dans l'âme, son regard frôlant le décor qu'elle offrait à l'absent désiré. En traversant la rue Laffitte, ses yeux accrochèrent le miroitement du Sacré-Cœur, pâtisserie du ciel pendue au haut de la perspective et, par une association d'idée saugrenue, elle dédia un vœu à saint Antoine de Padoue, le seul saint qu'elle ait fréquenté dans ses invocations :

« Saint Antoine, je te promets cinq francs si Noëlle prend un amant ! Cinq francs nouveaux, naturellement. Et si j'étais toi, je la pousserais gratis... pour la justice. »

13

Les cintres coulissèrent sur la tringle de cuivre :

— Mon tailleur vert ? Non, je l'avais hier. Ça, c'est vieux. Ma robe bleue ? Oui, ma robe bleue. Tu n'as pas été aussi coquette depuis longtemps, toi !

Elle se regarda sans méchanceté dans la glace de la salle de bain. Le bleu indécis, ondoyant de la toile de soie mettait en valeur le teint clair et l'argent léger dont s'étoilent les cheveux. Avec un soin plus patient que de coutume, elle s'habillait, elle habillait son espoir de Franz. Son sang charriait des bulles qui venaient crever à la surface de sa peau, en picotements exquis, insupportables. Le fourmillement était partout et jusqu'au bout des seins qui durcissaient, se frottaient à la soie, éperdus d'attente.

« J'en ai assez, moi, d'être *comme ça* ! pensa-t-elle crûment. Aussi, c'est un temps à faire l'amour tout de suite ! Dire que j'ai envoyé promener Etienne cette nuit ! Mais c'est pour le principe. Je ne peux pas, entre le prélude et la suite, m'offrir... un intermède ! Non, je ne peux pas ! »

Ses lèvres peintes d'un rose lumineux, elle se recula, inspecta son ouvrage :

« J'ai beau faire, je suis moins bien qu'autrefois. »

— Je ne suis plus du tout à mon goût, moi ! cria-t-elle tout haut.

Etienne passa la tête dans l'entrebâillement de la porte, regarda et conclut, sincère :

— Je ne trouve pas de femme qui te soit comparable.

— Bien sûr, répondit Isabelle avec naturel, mais je ne me compare pas à une autre, je me compare à moi, dix ans plus tôt !

Il se mit à rire. Ce matin, dans la minuscule salle de bains, Isabelle lui paraît si présente, si bien inscrite au creux de la vie, qu'il dit :

— Je ne sais pas ce que tu as, en ce moment, mais ça te réussit ! Tu es... tu es multipliée par trois !

« Par UN, rectifia Isabelle tout bas. Je suis multipliée par un. » La veille, au journal, le Putois avait remarqué : « Qu'est-ce que vous avez donc, vous ? Vous faites bien du volume. »

— Tu vas chercher François à la gare ?

— Naturellement, dit Etienne.

Isabelle se dit qu'elle devrait penser davantage à l'arrivée de son beau-fils mais elle n'y parvenait pas. Tenir ses idées en laisse aurait été une gageure : elles fuyaient, fusaient et diffusaient, épandues à la rencontre du nouvel amour. Ce beau-fils sera entré dans sa vie comme une lettre à la poste, sur les brisées d'un autre. Elle remarqua :

— Je ne sais pas où j'ai la tête : j'ai oublié de prévenir Mme Liorzou d'acheter une côte de veau supplémentaire.

— Nous irons au restaurant. C'est un grand jour. Rendez-vous en bas, dans le jardin, vers une heure. Oui ?

— Oui. Ce matin, je vais à la télé avec Prestat. Tu ne saurais pas où j'ai fourré Trottinette hier ?

— Si, place de Valois. Je l'ai vue.

— Ah oui ! A cette heure-ci, il va me falloir six hommes et un caporal pour me dégager de là !

— Non. Je l'ai changée de place. Elle est prête à démarrer devant le Cyrnos : une place en or.

— Tu es mon ange gardien, roucoula Isabelle en se suspendant au cou de son mari.

— Plutôt l'ange gardien de Trottinette ! Et il faut bien que j'essaie de nous garder un assureur : on est déjà au Lloyd 's ! Prends ton imperméable.

— Pourquoi ? Il fait un temps superbe.

— Un temps superbe à ondées. Il vient d'en tomber une.

Le temps de traverser le jardin du Palais-Royal, la pluie la cingle d'une averse rageuse, pourchassée de soleil.

« Un délice ! » pense Isabelle, qui n'aime pas la pluie.

Mais c'est qu'aujourd'hui, il pleut l'espoir de Franz ! Et les agents sont charmants : ils portent le masque de Franz et Isabelle leur sourit. Même au grand roux du carrefour qui l'engueule presque chaque matin parce qu'elle ne prend pas son virage à gauche suffisamment large, elle sourira.

— Avancez donc, bon Dieu ! Ça vous fatiguera pas plus, z'êtes assise !

— Ah ! vous alors ! Vous êtes aussi compréhensif qu'une armoire ! grince Isabelle, dents serrées de prudence.

14

— Belle, Belle !... Mon Isa... belle !... Vous êtes d'une teinte à boire. Je vous contemple et je bois le lac glacé de mes montagnes natales ! Venez là, Rhapsody in Blue, il manque à votre mélodie une note et c'est moi qui l'ai.

D'un geste de théâtre, Didier Montrieux tira Isabelle à lui, sortit de sa veste un mouchoir de soie bleue et le lui noua autour du cou, masquant d'un flou seyant le décolleté en guillotine. Puis il sauta en arrière d'un bond, et bras droit tendu vers l'avant, bras gauche arrondi en anse, jugea de son œuvre en maître de ballet :

— Parfait, mon chou, parfait ! Un nuage chiffonné s'est posé sur un ciel lisse.

Sa main droite trop belle balança l'air comme une palme :

— Et dire que je croyais ce mouchoir fait pour la couleur des yeux d'un ami ! Mais j'étais un barbare, Isabelle, un barbare. C'est pour vous seule qu'il a été tissé. Et... Venez, ma chérie, je vous offre encore...

D'un second bond de chat, il avait rejoint Isabelle qu'il poussa sous un rayon blanc filé par une cassure de l'œil-de-bœuf aveugle du couloir.

— Je vous offre ce diamant pour vos cheveux... Ah ! vous êtes à peindre ! Et c'est vous qui photographiez les autres. Quel gâchis !

Isabelle rit et ouvrit la porte de la rédaction où personne n'avait perdu une bribe de la saynète jouée dans le couloir. On gloussait.

— Une touche, hein ? ricana le gros Rivotte. Ce qui s'appelle une touche i-nu-ti-le !

Le docteur Rivotte agaçait Isabelle. Chaque fois qu'elle le rencontrait, apportant son papier hebdomadaire sur les bobos féminins, elle imaginait ses boudins courts aux ongles rongés palpant des ventres de femmes et pensait, le cœur soulevé : « Etre gynécologue avec des pattes pareilles, c'est ignoble ! »

— Quoi ? Une touche inutile ? répondit-elle. Avec vos grossiers instincts de mâle, offririez-vous aussi délicatement un foulard à une femme ? Que non ! Parce que vous êtes incapable d'un cadeau gratuit. De l'argent dépensé sans idée derrière la tête !

Et, par réaction contre Rivotte, elle se lança dans un panégyrique de l'homosexualité :

— Parfaitement, ils sont plus charmants pour nous ! Ils ont des antennes pour nous comprendre. Ils ont...

Isabelle souffla par le nez, en cheval qui s'emballe.

— Laissez tomber, Rivotte, intervint Gladys. Isabelle n'a pas de principes, c'est bien connu.

— Tu me flattes ! dit Isabelle. J'en ai quelques-uns, comme tout le monde, pour les placer dans la conversation !

Les rires n'eurent pas le temps de s'étendre : Jean-Jacques entrait en coup de vent, plongeait dans le désordre de son bureau.

— Et Carole ? interrogea un chœur à trois voix.

— Elle sort dans trois quarts d'heure, je vais la chercher.

Il ressortit en coup de vent, ayant, par extraordinaire, trouvé ce qu'il cherchait.

— Allons, ça finira par un mariage, vous verrez, remarqua Edith.

— Sûrement, dit Isabelle.

— Il vous l'a dit ?

— Pas tout à fait, mais il s'est un peu... déboutonné. Je ne sais comment cela se fait : y a des gens à qui on ne parle qu'enfilé sur une tringle et ceux devant qui s'étalent les entrailles : moi, par exemple...

— Voilà un compliment que tu te fais, dit doucement France.

Elles détournèrent les yeux, chacune de son côté, avec une pudeur inhabituelle. Ce fut comme si, devant les « pestiférés » de Cochin, de nouveaux rapports, plus subtils, plus profonds, s'étaient installés entre elles.

« Huit ans de familiarité masquée », pensa Isabelle, « et puis en cinq minutes, en butant sur un caillou, on fait vraiment connaissance. Combien de familiers connaît-on réellement ? Il faudrait les revoir avec l'œil du premier jour. »

Son regard fit le tour des visages, cherchant à leur restituer une nouveauté de visages étrangers qui se livrent d'un coup. Le gros Rivotte – une limace obscène –, France ? Y penser plus tard. Edith ? Isabelle s'en voulait d'avoir parfois envie de la tripoter, comme elle tripotait Minouche, avec le même plaisir tactile, électrique. « Une !... Moi qui suis plutôt portée vers le super-mâle ! » Son instinct de dominer le bel écureuil blond allait de pair avec son tempérament un peu viril, à la recherche chez l'homme d'une virilité plus forte.

Le petit Cormont – transparent, celui-là ! mais qui sait sur quoi reposent les transparences ? Gladys ? Une brillante vipère glacée. Une tendresse vague pour sa vieille ennemie parcourut Isabelle. Au fond, on est attaché à ses ennemis quotidiens ; ils vous manqueraient, autant que les amis ou les indifférents. Ils font partie de ce repos de l'esprit : les habitudes.

— Isabelle, c'est pour toi, intervint France en raccrochant le récepteur. C'était l'huissier : un monsieur te demande en bas.

Isabelle demeura immobile, muette, les yeux fixes, le cœur mort. Et puis son cœur se rattrape, bat la chamade, pousse aux joues une fièvre rose, chauffe et gonfle le lobe des oreilles :

— Je descends. Je ne sais pas si je reviendrai ce matin ? Il est onze heures et demie.

Elle se précipite aux lavabos, remodèle ses lèvres d'un pinceau qui tremble, installe en ordre relatif les mèches des cheveux.

« Au fond, je ne pouvais plus attendre ! Je ne le savais pas, mais je ne pouvais plus attendre ! C'est tout de suite, tout de suite qu'il me fallait Franz ! »

Elle dévale l'escalier qui claque sous ses talons, ralentit sur le palier de l'entresol, s'oblige à descendre posément les dernières marches, préparant sa surprise, sa joie, son sourire, ses yeux. Oh oui ! ses yeux surtout, avec lesquels elle sait tout exprimer. Elle s'applique à s'offrir dans un regard qu'elle se sent réfugiée, sous ses paupières qui battent avant de se lever sur le gouffre du hall.

L'adolescent s'avança et Isabelle scruta le sombre, au-delà de lui, sans comprendre que ce jeune homme s'avançait vers elle.

Il n'était pas très grand ; il n'était pas beau, mais il avait un visage rayonnant, illuminé d'un long regard brun, sans fond. A trois pas d'Isabelle, il dit, s'inclinant un peu :

— Madame Isabelle Jolly, n'est-ce pas ? Vous ressemblez à vos photographies. C'est rare !

La diction était aisée, la voix incertaine, encore coincée dans la mue sur quelques mots, chaude et libérée sur d'autres. Isabelle chancela une seconde, vidée soudain d'une promesse immense.

Elle balbutia :

— C'est vous qui me demandiez ?

Le jeune homme porta à son crédit cette émotion flatteuse et dit :

— J'ai pensé que ce serait plus gentil si je venais vous chercher. Papa a été obligé de filer à son journal.

— Qui ? demanda Isabelle. Et puis, vivement, elle reprit :

— Ah oui ! Eti... Votre père... au journal. Bien sûr.

« Je dois lui sembler idiote », pensa-t-elle. Abasourdie, elle tentait de réaliser qu'Etienne s'appelait aussi « Papa » ! Inouï ! L'arrivée de François, pour elle, c'était l'arrivée d'un fils. Elle n'avait pas prévu que le fils allait créer le père.

— Alors, vous êtes François ?

Et elle se mit à le regarder vraiment. Dans son costume gris, l'adolescent maigre se laissa pénétrer par l'attention chaude.

— Alors, François, c'est donc vous ? redit Isabelle.

Luttant contre son envie d'empoigner les cheveux coiffés en brosse à araignées et de renverser cette tête pour voir jusqu'où va le regard sans fond, elle acheva, brusque :

— Eh bien, vous me plaisez !

15

— Où donc Etienne... Où votre père nous attend-il ?

— Dans un endroit frais, paraît-il, qui s'appelle Le Bout du bois.

Isabelle grimaça :

— Il a des goûts de luxe aujourd'hui. Le Bout du bois, c'est cher pour ce que c'est !

François se mit à rire :

— Je vous invite, alors ?

Elle freina si brutalement au feu rouge que sa voiture d'un plantureux hoquet, les jeta contre la ceinture.

— C'est vert.

— Quoi ? Ah oui !

Elle démarra en trois hoquets nerveux et cala son moteur en plein milieu du carrefour Rivoli.

— Ça ne vous arrive jamais d'être énervé, non ? cria-t-elle à un chauffeur de taxi qui l'injuriait en la contournant.

— Je l'serais moins si y avait pas des pouffes comme vous au volant ! gueule l'autre.

Isabelle hurla :

— Grossier personnage ! Mâle infect !

François rit aux éclats.

— Je peux conduire, si vous voulez vous décontracter ?

— Dites donc, mon petit ami, vous n'avez pas l'âge de conduire, que je sache ?

— Non. Mais en revanche, moi je sais, répondit le jeune homme avec une douce insolence.

Isabelle le toisa une seconde et se mit à rire, elle aussi.

— Au fond, vous me rassurez, dit-elle, j'avais peur que votre école snob ne vous ait abîmé. Je vois avec plaisir que vous avez su rester naturellement insolent !

Leurs sourires se croisèrent, complices d'un avenir où François ne sera pas un héritier plus riche que sa belle-mère, parce que l'héritage n'existera plus.

— Quelle heure ? interrogea Isabelle, ma montre est arrêtée.

— Midi dix. Nous avons rendez-vous à une heure.

— Très bien. J'ai le temps de vous présenter Bagatelle. Vous connaissez ?

— Non. Je suis un provincial.

16

Depuis cinq minutes, ils marchaient en silence. Le parc était presque désert, le silence fait du soupir des feuilles soulevées à peine par un soupçon de vent, du pépiement des oiseaux et du gémissement du gravier sous leurs pas.

— Je vous aurais crue bavarde, dit François.

Isabelle rayonna de son sourire le plus détendu et renversant la tête en arrière, offrit son visage, paupières closes, à une douche de soleil.

— Je parle quand je n'ai rien de mieux à faire. Un temps de bien-être se déguste en silence. Vous ne croyez pas ?

Et comme François la contemplait sans répondre, elle ajouta, reprenant sa marche :

— Oui. Vous comprendrez cela plus tard. A votre âge, on ne veut jamais s'arrêter !

— S'arrêter ! Dormir ! Mais c'est perdre du temps !

Dans les poches de l'adolescent, elle devine les poings serrés d'impatience.

— Que voudriez-vous faire, François ?

— Changer le monde, par exemple ! Vous ne trouvez pas que le monde a besoin d'être changé ?

— Le monde a toujours besoin d'être changé quand on a dix-sept ans !

Il bondit et se mit à marcher à reculons pour mieux la voir :

— Vous aussi, vous vouliez changer le monde quand vous aviez dix-sept ans ?

Isabelle fronça les sourcils sur l'image lointaine d'une adolescente ardente à vivre :

— Je crois que je voulais seulement le conquérir, dit-elle, devenir célèbre. Quelque chose comme ça. Mais c'est pareil, peut-être.

— Non, coupa François, non, ce n'est pas la même chose ! Changer la société, vous comprenez ? Imprimer sa marque !

Un peu émue, un peu amère, pourquoi ? Elle observa le visage attachant, François projetait sa mâchoire en avant dans un rictus. La mâchoire était ovale, mesurée, prête à trahir, à choisir la paix, la conciliation. Le front haut, bombé, taillé pour l'étude et la méditation, la dominait, sûr de lui. Elle le regardait frémir de son désir de force, s'enfler d'un avenir alors que le maximum de sa puissance était sans doute là, embryon voué à l'avortement, contenu en son adolescence.

Pêle-mêle, il égrenait ses projets, ses convictions, ses certitudes. Elle écoutait à peine. En ouvrant la vanne, elle avait fait le nécessaire. Ses yeux erraient de parterre en buisson à la recherche d'une couleur, d'une forme, avant de se déposer sur le mur de feuillage qui bornait l'horizon vallonné. Une gerbe d'or enflammait le coin d'un massif : les rondes fleurs jaunes, légères, innombrables, ressemblaient, suspendues aux tiges hautes par l'invisibles liens, à une traînée d'étoiles sur un ciel vert.

— Regardez ! dit Isabelle, s'immobilisant devant un coussin de terre d'où montait, pourpre, orangée, opulente, la splendeur des cannas. N'est-ce pas beau ?

François était lancé dans un univers d'idées où les fleurs sont des accidents sans importance :

— S'abstraire dans un idéal politique, ne faire qu'un avec son œuvre. Ou alors renoncer tout de suite ! Choisir la contemplation. La paix du cloître. Vous comprenez, Isa...

Il s'interrompit court, rougissant, se reprit :

— Vous comprenez, madame.

— Vous pouvez m'appeler Isabelle, coupa-t-elle en souriant.

Il racontait le jaillissement du papillon qui naît de sa chrysalide, indécis sur la direction de l'effort à accomplir pour se libérer :

— Vous comprenez, il n'y a pas de troisième choix possible ! Le milieu c'est la mort ! L'enlisement, la sordide petite vie de tout le monde ! Alors non ! Plutôt... Plutôt...

Il s'étouffait d'impatience, se noyait dans l'informulé.

— Plutôt quoi ? l'encouragea Isabelle en s'asseyant sur un banc devant la roseraie aux trois quarts défleurie. Asseyez-vous une minute !

Mais il ne s'assied pas : il n'a pas le temps d'attendre *assis* ! Il croise et recroise devant elle, plein de gestes qui cognent l'air chaud.

Isabelle pense : « Mon Dieu ! il me fait fondre, ce garçon-là ! A moins qu'il ne me dise tout aujourd'hui, pour se débarrasser ? Pourquoi n'a-t-il pas l'air triste? Il vient d'enterrer sa mère, et il parle politique ! »

François s'immobilisa devant elle, solennel devant la question qu'il voulait poser :

— Vous... est-ce que vous croyez à la nécessité de la contemplation ?

— La contemplation de quoi ? demanda-t-elle, revenant en hâte du lent balancement d'une spirée en dentelle qui se découpe, squelette blanc, sur la haie de troènes.

— La contemplation des moines ! La méditation si vous préférez ? Croyez-vous à sa nécessité intérieure ?

— Mon Dieu... commença Isabelle, mon Dieu. Vous voyez, mon petit François, je m'excuse mais... je crois bien que je n'ai rien à méditer ! C'est peut-être une infirmité ! Une infirmité dont je ne souffrirais pas, voilà !

François l'observa, s'assied et dit, forçant vers les basses sa voix de mue qui s'envolait par bribes :

— Il y a bien des jours où tout vous dégoûte ? Ou la vie vous fatigue ?

N'osant pas rire, elle répondit, gentiment :

— Non. J'ai passé l'âge !

— Vous vous moquez de moi ! dit François. Vous

me prenez pour un romantique attardé ! Vous avez tort : il y a des jours où tout est difficile.

— Bien sûr, dit Isabelle qui pensa : « il aurait pu choisir un sujet plus facile pour mes débuts dans le rôle de mère ! » et poursuivit, pleine de bonne volonté :

— Vous sécrétez de la barbe. Enfin, de la barbe, quoi. De l'homme... et ça vous fatigue !

— Vous parlez comme le médecin de l'école, remarqua François.

Elle hésita : « J'en parle ou je n'en parle pas ? Tant pis, j'en parle, j'ai envie de savoir ! »

— Il y a votre deuil.

La réplique cingla, brutale :

— Ne parlez pas de ça !

Emue, elle lui pressa le bras :

— Je ne voulais pas vous faire mal, mon petit.

— Vous vous méprenez, dit François, vous ne m'avez pas fait mal. Ou plutôt si... mais pas comme vous le croyez. Quand on a perdu sa mère, on voudrait pouvoir regretter quelqu'un. Or, ma mère, pour moi, c'était... une absence, une longue absence. Ça continue, voilà tout !

Il se remit à marcher, tête baissée, contre un ennemi caché, familier.

Leur promenade les avait menés autour de la mare griffée de rides étoilées que marquaient d'invisibles moustiques. Les cygnes laissaient glisser, à fleur d'eau, leur vie silencieuse.

— Tenez ! voilà des contemplatifs, dit Isabelle :

— Mais pitance assurée !

D'un ton où sa belle-mère décela un mépris léger, François observa :

— Les choses matérielles ont beaucoup d'importance pour vous, n'est-ce pas ?

Un éclair de colère la transperça :

— Pour vous aussi, elles ont beaucoup d'importance, dit-elle durement. Pour tous, elles ont beaucoup d'importance ! Enfin, pour ceux que je connais. Et je ne suis pas sûre qu'elles n'en aient pas moins pour moi que pour les autres, après tout ! Car enfin, qu'appelez-vous les « choses matérielles » : le bifteck ? le bonheur ? l'amour ? l'air ? la beauté ? Et qu'est-ce qu'il y a d'autre, en dehors de cela ?

— La pensée, dit François, grave.

— La pensée de... Bon ! Tiens ! parlons d'autre chose.

Isabelle se calma aussi vite qu'elle s'était montée, à son ordinaire. A ses côtés, François rongeait le silence. « Je suis méchante, se reprocha-t-elle. Ce pauvre gosse. Il se confie et je le rabroue. Pourquoi ? Au fond, il me plaît. Il a des conversations au-dessus de *mon* âge.

François se pencha soudain vers une ronde de soucis qui farandolaient à la lisière d'une pelouse, en cueillit un et l'offrit à sa belle-mère, avec un sourire.

— Merci, dit-elle.

— Vous lui ressemblez, dit-il. Vous êtes... gaie, un peu violente, simple, ouverte, sans façon. Voilà.

— Sans façon ! C'est un compliment ?

— Sans doute, puisque mon père le dit aussi !

Non, pas tout à fait, il dit encore : Isabelle n'a pas de principes.

— Encore ! s'exclama Isabelle.

Elle reconnut :

— Ce doit être vrai.

— Mais vous me plaisez, vous savez ? dit François avec une spontanéité qui charma Isabelle. Vous êtes... fraîche ! Et il acheva :

— A votre âge, c'est rare !

Isabelle se mordit les lèvres et répondit sans rire :

— Eh bien ! je ne me suis pas usée en me frottant contre des principes. Rien de pire pour vous raboter la jeunesse.

Il lui coula un regard de biais et se décida un geste dont il mourait d'envie depuis dix minutes : il glissa son petit doigt sous le sien, affectueusement.

— J'ai l'impression de vous connaître.

— Tout le monde a l'impression de me connaître ! C'est assez vexant : je n'ai pas de mystère.

Le sol crissait.

— Ici, on retrouve le bruit de ses pas, remarqua Isabelle. C'est un peu comme si l'on se retrouvait. Dans les rues de Paris on ne s'entend pas exister.

— Alors, vous pensez parfois ?

Elle secoua la main de l'insolent :

— Allons déjeuner, il est l'heure.

D'un feuillage au-dessus d'eux, un ramier s'envola avec un claquement de drap mouillé que gifle le vent.

— C'est beau, ce jardin, dit François, mais il doit être plus beau au printemps... ou en automne.

— Il est beau différemment. En juillet, la nature est pleine, forte.

— C'est ce que je voulais dire. Les choses sont plus belles quand elles sont en promesse comme au printemps ou menacées comme avant l'hiver. En ce moment, on est trop sûr d'elles.

Isabelle soupira :

— Vous êtes bon en composition française, non ?

— Oui. Pourquoi ?

— Je sens en vous une promesse de romancier et une menace de philosophe !

François rit. L'espace d'un instant, il trouva sans tache le ciel, sans ombre le soleil, clair le présent. Mais, repris par l'inquiétude de ses dix-sept ans, il arrêta Isabelle, se planta sur son chemin. Son regard tabac s'enfonça dans les yeux verdissants, avec l'expression d'un examinateur :

— L'essentiel... Qu'est-ce que c'est, pour vous ?

« Seigneur ! Il recommence ! » pensa-t-elle. Pourtant elle se força à réfléchir et dit :

— L'essentiel, c'est de vivre !

Il fit « tss » entre ses dents serrées, secoua ses mèches anarchiques et insista :

— Par exemple, en ce moment, pour vous, l'essentiel, c'est quoi ? Répondez sans réfléchir, comme pour un test !

« Ah, mais non, par exemple ! » se dit-elle, « je n'aurais plus qu'à dire : faire l'amour avec Franz, voilà l'essentiel du moment pour moi ! Je suis certaine que ce garçon compliqué ne comprendrait pas qu'on puisse se contenter d'un désir aussi simple ! »

— J'ai dit sans ré-flé-chir.

Il l'avait arrêtée devant un parterre de rosiers nains dépouillés où une dernière rose, miraculeuse, offrait au soleil son cœur jaune, béante d'épanouissement, menacée, suspendue une seconde, à sa beauté intacte. Isabelle sentit une crue de larmes monter, irrésistible, jusqu'à sa gorge.

— J'ai dit sans ré-flé-chir !

Elle murmure, désignant du menton la fleur condamnée :

— Rester, comme ça... toujours.

François regarda, au-delà de la rose, un chat noir qui étirait sa paresse sur le gravier et dit, reprenant sa marche :

— Vous êtes décourageante.

TROISIÈME PARTIE

Le butoir

1

Sur l'aéroport de Klotens, l'air était vif mais traversé de bouffées tièdes.

— Chance ! s'exclama Isabelle. On est en Suisse et il ne pleut pas ! On ne va pas prendre le car comme des gens qui payent leur voyage ?

— Non, répondit Jean-Jacques. Taxi. Et ce soir, on s'offre un festin dans le style note de frais.

— Moi, je veux de la fondue et cinq décis de fendant !

Derrière la vitre du taxi, les collines de Thurgovie ondulaient, crêpelues de leur bois serrés où dominent les sapins. Dans les prés d'un vert frais lavé, des bouquets de bouleaux secouaient au vent ensoleillé leur monnaie d'argent.

— Mummm ! fit Isabelle, cette herbe juteuse ! Je la brouterais !

— L'herbe suisse vous fait cet effet là : elle a le vert comestible ! On la regarde, le sang se ralentit et on est envahi d'une paix bovine.

— Oh ! regarde, coupa-t-elle, enthousiaste.

Sur la gauche, dans un creux du paysage, un morceau du lac de Constance vient de monter jusqu'à l'horizon où un surjet bleu, bien net, coud le lac au ciel.

— Arrêtez ! Monsieur chauffeur, arrêtez cria Isabelle.

— *Halt ! Bitte !* traduisit Jean-Jacques.

— Respire jusqu'au fond de tes alvéoles ! commanda Isabelle, plantée au bord de la route, face aux deux pièces de bleu – sombre l'eau, pâle le ciel – sur lesquelles étincelle, par instants, l'éclair d'un oiseau blanc.

Elle-même s'emplit de l'air vigoureux descendu des montagnes avant d'expirer un chuintement de vessie qu'on dégonfle.

— Quel calme ! Moi aussi je me sens calme, calme, calme ! répétait-elle.

Elle fit volte-face, sourit aux cascades de géraniums et de pétunias qui dégringolaient des jardinières en flots panachés de couleurs violentes.

— Tu vois ces maisons, dit-elle à Jean-Jacques, elles ne sont pas faites pour vivre dehors, comme les maisons italiennes. Un peu sombres derrière leurs fenêtres sans mystère. On entre, c'est paisible, astiqué, les meubles sont massifs, faits pour durer, le pichet de fleurs sur la table. On pose le pain, le thé, le lait, les pâtisseries. Le froid est enfermé dehors. On se nourrit en silence. On est bien.

— Et quand on a fini de bouffer, on s'enquiquine, conclut Jean-Jacques en contrepoint.

— Toi, tu t'enquiquines partout ailleurs qu'à Paris !

— Et toi, tu te laisserais annexer par n'importe quel coin un peu sympathique ! Moi, mille regrets ! la Suisse m'alourdit : je passe la frontière et je pèse une tonne.

— Remonte donc en voiture ! Le compteur tourne !

— Tu sais, cette maison ravissante, je la regrette !

De son index retourné de danseuse hindoue, elle pointait la maisonnette basse, d'où ruisselaient les grappes des pétunias.

— Allez, ouste ! Tu montes ou je te laisse ? dit-il tout haut.

— C'est moi qui laisse un bout de moi ici, soupira-t-elle en se réinstallant.

— La vérité est que tu te ramasses en entier quand tu pars, mais que tu t'installerais partout, comme une saltimbanque !

— Une saltimbanque, répéta Isabelle frappée, une saltimbanque ? C'est peut-être vrai ? La vérité est que je n'ai aucune personnalité. Je suis... le caméléon du bonheur ! Quand je m'approche d'endroits heureux, j'en prends la couleur ! Et je voudrais être de partout, tu m'entends ? De partout ! Pour n'en pas manquer un !

— Tu connais l'histoire du caméléon qui se promenait sur un costume d'arlequin ?

— Nnnon ?

— Eh bien, il est mort d'épuisement !

Parce qu'elle rit, le chauffeur lui jeta un coup d'œil placide dans son rétroviseur.

— Après la luminosité romaine et la poussière

chaude de Paris, ce coin de Thurgovie est un bain de... de... Souffle-moi un mot !

— De fraîcheur, dit Jean-Jacques.

— Mieux !

— De sérénité.

— Et on en avait bien besoin, toi et moi.

— Moi surtout, dit Jean-Jacques.

— Je viens de devenir belle-mère : ça pose des problèmes, fit Isabelle sans y croire.

— Ne plisse pas le front, ça ne te va pas.

— Fiche-moi la paix. Depuis ma naissance, je plisse le front quand je réfléchis.

— Alors, ça ira ! dit-elle, tu ne seras pas ridé de bonne heure !

Il haussa les épaules mais ne releva pas. Il y eut un long « blanc » avant qu'Isabelle ne reprît :

— Alors ? Tu vas l'épouser, Carole ?

La réponse vint dans un grognement :

— Qu'est-ce que je peux faire d'autre ?

Sur le paysage luisant de santé flotta le fantôme languide de Carole, coiffé de ses cheveux de lune.

— Tu ne l'épouses pas pour t'en débarrasser ? demanda enfin Isabelle.

« C'est pourtant vrai », songeait-elle, « il y a des femmes qui s'arrangent pour qu'on se débarrasse d'elles en les épousant ! »

Comme en écho, le reporter lâcha, entre ses dents :

— Il y a des femmes qu'on ne peut pas quitter sans être un salaud !

Tout bas, il poursuivit :

— C'est magnifique si on ne les quitte pas « après » ! quand on en a acquis légalement le droit.

— Allons ! ne dis pas d'idioties ! Tu sais bien que tu l'aimes !

— Oui, je l'aime ! Oui, je l'aime, cette dinde ! Mais je n'aime pas être obligé de l'aimer, là !

— Sankt Gallen ! Quel hôtel ? annonça le chauffeur, du ton dont il aurait dit : « Voyons, vous n'allez pas vous chamailler ? »

2

Isabelle tenta de rassembler en elle sa joie, sa joie rouge de géraniums aux balcons, sa joie de soleil sur le lac, de tarte aux pommes dans la salle d'auberge. Mais sa joie s'était dissoute dans la clarté blême, et les murs noirs des montagnes lui renvoyaient son angoisse, l'enfermaient en elle. Elle aurait voulu se raccrocher aux chapelets de lumières qui descendaient de là-haut, en grains de plus en plus serrés jusqu'au scintillement de la ville, au fond de la vallée. Et en même temps, son corps répugnait à bouger.

— Tu vas te geler ! Tiens, ton imper.

Elle ne remercia pas.

— Rentre boire une infusion ! Allons ! La fraîcheur vous tombe dessus.

Jean-Jacques la tira vers l'auberge. Un couple suisse restait dans la salle à boire son café au lait, sans parler. Lentement, l'horloge comptait un temps révolu de veillée campagnarde, à larges battements pesants de son balancier qui s'allumait d'un cône d'or en passant devant une lampe.

« Cette paix... ce doit être merveilleux pour mes nerfs » s'efforçait de penser Isabelle. L'ambiance lui fit adopter un ton de confessionnal :

— Comme c'est calme.

— Tu es modeste ! grogna Jean-Jacques. Enfin, on est venus ici pour dormir sans ferraillement de trams ! Allons dormir ! Café au lait ou tilleul ?

— Si on descendait ?

— Où ?

— En ville, tiens !

— En ville, répéta Jean-Jacques avec un effarement comique. Mais, ma pauvre petite, tu feras combien de kilomètres avant de trouver une ville, *le soir*, en Suisse ? Un tilleul, madame, s'il vous plaît : *Fraulein, Bitte, eins Tilleul. Zwei Tilleuls !*

— Du tilleul ? Tu es fou ! On monte du vin du Valais et de la tarte. J'ai besoin de me remettre, moi !

3

La chambre sentait bon les lattes de bois vernies qui la tapissaient. Du côté de l'alpage, l'herbe dévalait à fleur de la fenêtre découpée en petits carreaux encadrés de brun. Là-haut, une clochette grimpa à flanc de colline, s'apaisa, se mit à cheminer lentement, brisant la nuit de son grelot rassurant. Isabelle frappa contre la cloison mince :

— Tu entends, Jean-Jacques ? On « donne » sur l'alpage. Demain matin, en ouvrant mes volets, je tomberai le nez sur une colchique.

— Ou sur une bouse de vache.

Neuf heures trente-cinq. Isabelle savait qu'elle ne dormirait pas avant minuit au moins, par habitude. De l'autre côté de la cloison, Jean-Jacques jurait contre le robinet qui hachait l'eau chaude à gros borborygmes. A gauche, un voisin ronflait déjà.

Sous la caresse rude de la serviette éponge, la peau d'Isabelle brûle et une coulée de feu, descendue en ruban, s'amoncelle au milieu d'elle, demeure, creuse, fait éclore des images torturantes sous lesquelles elle perçoit, presque physique, le contact dur du corps de Franz. D'un coup, elle plaque son ventre sur la mosaïque froide du cabinet de toilette et de ses paumes ouvertes, lisse l'émail qui ne tressaille pas, l'émail où bute son intolérable désir.

« Dix heures moins le quart ! Je ne peux plus, je ne peux plus ! je ne peux plus ! »

Elle grêla de coups de poings la cloison de sapin clair :

— Jean-Jacques ! On se rhabille et on descend ! Ouste ! On trouvera bien un ciné ?

Un temps. Puis la voix de Jean-Jacques, amorphe :

— Complètement folle ! *Tu* te rhabilles et *tu* descends ! *TU* trouves un ciné... parlant allemand ! Moi, je suis sous la couette ! J'y suis, j'y reste.

— A ton aise ! Je vais jusqu'au Stadtpark voir les préparatifs. Photographier les chevaux de nuit : ça doit faire des clichés sensationnels ! Romantiques.

— Com-plè-te-ment folle ! redit la voix.

Mais Isabelle était déjà en bas, pendue au téléphone, réclamant un taxi, sous l'œil réprobateur de l'hôtelière.

4

Le pianiste blond égrenait Chopin dans la fumée. Il sourit plusieurs fois à la solitaire qui roulait, sur trois temps de valse, sa toison courte à éclairs d'argent contre le plastique de la banquette.

De ses lèvres et de ses paupières closes, Isabelle rendait le sourire, balancée, détendue. Désirée peut-être ? « Oui, tu as bien l'allure du mâle germain, mimuscle, mi-poésie, pour idylle au bord du Rhin... Lied et acier trempé fleur bleue et parfum de bottes... Mille regrets : je suis verrouillée sur une attente ! Et tu ne sais pas que, depuis une heure, tu berces dix de mes étreintes avec un autre... »

Le piano s'était tu. Debout contre le tabouret, le musicien buvait le soda de sa pause, son regard bien incrusté sur Isabelle. Elle leva les yeux et rencontra l'éblouissement d'un sourire carnassier.

— Combien vous dois-je, Fräulein ?

Elle paya, ramassa son Rolleiflex, le passa en bandoulière, sortit du Métropole sans se retourner. « Il m'agace... avec son air d'attendre que je lui jette un os. »

Le quartier de la gare bruissait de son train-train de gare de province. Au-dessus d'elle, la nuit lisse était trouée d'étoiles.

— Franz... murmura-t-elle aux étoiles.

« Si seulement Etienne était là pour m'aider à attendre ! » pensa-t-elle.

Non, pour l'aider à patienter physiquement. Pour lui tenir la main, cette nuit, l'aider à atteindre ce demain qui n'arrivera jamais, jamais, jamais, mon Dieu, jamais !

« Je gonfle... », c'était ce qu'Isabelle se disait quand elle se sentait grosse d'un espoir qui allait l'expédier dans les nuages pour un temps, un temps indéterminé, merveilleux, pendant lequel elle vivrait l'ivresse d'un cerf-volant, en sachant qu'Etienne tenait solidement la ficelle !

Un bruit de pas se précipitait derrière elle. Se

retournant, elle aperçut la silhouette du pianiste qui se hâtait dans sa direction. Alors, elle prit peur et se mit à courir, ballottant le Rolleiflex qui cognait contre ses côtes. Derrière elle, le pas s'accéléra.

Que fuyait-elle ? L'homme qui ressemblait un peu à Franz par sa blondeur, sa stature, le bleu de ses yeux ? Ou la chute prévue de son corps exaspéré ? La honte de se deviner prête aux morsures de cette bouche carnassière, aux curiosités de ces mains qui caressaient Chopin, habiles comme une promesse ?

Maintenant, elle continuait de courir parce qu'elle avait commencé, le cœur fou, mais les jambes molles, au bord du renoncement.

— *Bitte schön*, madame ! Arrêtez ! Attention ! Attention, madame ! cria la voix rauque proche.

Trop tard ! Elle a traversé sans réfléchir. Elle n'a rien vu, qu'un énorme insecte bondissant sur elle. Rien entendu, qu'un crissement infini. Rien senti, qu'une bousculade violente qui l'a déplacée comme un fétu. Rien compris, sauf qu'elle est clouée sur un plancher qui saute, klaxonne, par un poignard qui fouille son ventre et, qu'une nappe tiède fuit en elle. Elle hurle parce qu'il faut qu'elle tente de faire quelque chose.

On lui essuie le front. Une bonne grosse tête grisonnante se penche au-dessus d'elle. La tête doit parler, mais Isabelle ne peut entendre, puisqu'elle hurle. Elle fait un effort pour écouter. Une autre voix, très jeune, parle derrière elle :

— Hôpital, madame, tout de suite arrivés. Pas crier, ça fatigue.

La tête grisonnante sourit. Isabelle retrouve sa lucidité, une lucidité abominable de bête découpée vive, parcourue d'ondes électriques qui la raidissent jusqu'au bout des doigts.

Distinctement, elle prononce :

— Jean-Jacques Ollivier... Jean-Jacques Ollivier... Santis-Blïck... là-haut... prévenir... *Bitte*... prévenir.

— Compris, madame, dit la voix de l'homme invisible. Jean-Jacques Ollivier au Santis-Blïck. Tout de suite, on téléphonera, de l'hôpital.

Alors, elle se remet à hurler, obstinément, entre ses vomissements spasmodiques. Voilà : elle allait rester sans fin, sur ce plancher chaotique. Sans fin. Sans fin... Puisque Etienne ne sait pas... Sans fin...

De bons yeux la regardent. De bons yeux impuissants de chien qui voit souffrir son maître. Il faudrait leur sourire, pour les consoler, ces braves yeux. Mais c'est vraiment trop difficile.

— Courage, madame, on arrive.

Mais ce n'est pas vrai : on n'arrivera jamais nulle part, nulle part. Elle hurle.

5

Elle monte, elle descend, elle roule à petits ressauts. Ces fleurs, toutes ces fleurs. Deux haies de fleurs dans un couloir de métro blanc aveuglant.

Maintenant, on entre dans une gare, une grande gare vitrée. Ce buste blanc au-dessus d'elle, il a une affreuse tête écrasée, sans menton, avec deux narines béantes de gargouille. Que dit-il donc ? C'est fatigant d'essayer de comprendre. Et d'ailleurs, c'est sans importance. Elle a quelque chose de plus important à dire, mais quoi ? C'est pour s'en souvenir qu'elle s'empêche de crier, qu'elle s'empêche de toutes ses forces. Mais la chose importante la fuit. Elle dit seulement :

— Piqûre.

Mais on ne l'écoute pas. Il y a plusieurs bustes à présent autour d'Isabelle, des blancs, des bleus et des bonnets. Ils s'agitent et ils font du bruit, mais ils ne s'occupent pas du tout d'elle. Si elle criait plus fort, ils verraient peut-être qu'elle est là ? Elle crie aussi fort qu'elle peut. On lui a pris les mains, mais *elle*, on continue de la laisser se débattre seule. Qu'est-ce qu'on lui frotte sur la cuisse ? C'est glacé, Ah ! tant pis, elle n'a pas la force de se défendre ; sa cuisse, elle peut bien la leur laisser, si seulement ils voulaient s'occuper d'elle ?

Brusquement, Isabelle poussa un cri horrible. On l'a soulevée et, sous elle, c'est devenu raide et gelé : on l'a posée sur de la neige dure et... mon Dieu, mais on va l'écraser ! l'écraser avec un gros rouleau noir qui descend lentement sur elle ! Mais elle n'est pas encore morte, ils ne le savent donc pas ! Se sauver, se sauv...

— Tss, tss, pas bouger du tout, madame ! Pas peur, radiographie. Compris ? Ra-dio-gra-phie.

Le mot chemine jusqu'au noyau lucide dans le cerveau d'Isabelle. Elle va trouver à présent qu'elle est si bien : ses jambes ne la gênent plus et elle est si légère.

Il n'y a que son ventre qui la serre un peu trop. Qui s'amuse à lui appuyer sur le ventre ? Tant pis : se souvenir, avant tout : c'est indispensable, in-dis-pen-sable... Et tout à coup, la chose jaillit, telle un geyser :

— Etienne, oh ! Etienne...

— Quoi, Madame ? Comment ? Redites, Madame...

— Etienne...

— Etienne ? répète une voix interrogative... Ecoutez bien : Chan-Chaque va venir... tout de suite... Hein ? Avant que vous dormiez.

Isabelle secoue la tête au son de la voix [imbécile] qui répond « Chan-Chaque » quand on lui demande Etienne ! Dormir ? Mais il ne faut pas qu'elle dorme ! Si elle dort, Etienne ne la trouvera pas ! Pourtant, dormir ce serait bon. L'engourdissement de la morphine l'envahit comme une vapeur et elle aussi devient une vapeur qui voudrait s'éparpiller hors de son corps... Ah mais non ! Il faut appuyer sur le couvercle, appuyer de toutes ses forces ! Parce que si le couvercle s'entr'ouvre, Isabelle s'évaporera dans l'espace et Etienne ne la retrouvera jamais, jamais. Mais c'est difficile de faire attention, d'appuyer sur le couvercle sans oublier.

— Vite, monsieur ! Dites-lui au revoir ici. Vous ne pouvez pas aller plus loin. Bien sûr, j'espère, monsieur, j'espère.

— Isa, dit Jean-Jacques. Bouleversé en se penchant sur le chariot, courage, ça va aller. Ce... ce n'est pas grave.

Isabelle se demande pourquoi Jean-Jacques dit des mots si dénués d'intérêt ? Elle a une chose importante à dire :

— Ecoute...

Jean-Jacques s'approche tout près. Pourquoi si près ? Isabelle a l'impression de crier très fort :

— Tu diras à Etienne... que ce n'est pas ma faute... mais. Je suis trop fatiguée... pour continuer d'appuyer sur le couvercle.

— Quoi ? demande Jean-Jacques. Qu'as-tu dit, Isa ?

— Elle délire, dit une voix de femme derrière elle.

Isabelle ne délire pas du tout. Elle veut seulement qu'on explique à Etienne pourquoi il ne la retrouvera pas. Patiemment, elle recommence :

— Tu diras à Etienne que...

Mais elle ne termine pas sa phrase : à quoi bon ? Puisqu'Etienne n'est pas là, ce n'est pas la peine de faire semblant de s'intéresser à lui. Naturellement, « avant », elle l'aimait beaucoup, Etienne, mais à présent, elle est trop loin : il ne peut plus la rattraper. Sûrement, il sera contrarié, Etienne, de ne pas la retrouver. Tant pis ! L'avenir des autres ne l'intéresse pas du tout.

Pourquoi lui vole-t-on la bouteille au-dessus de sa tête ?

Elle lui plaisait, cette bouteille rouge.

Pourquoi la change-t-on de place ? Là-bas, par l'entrebâillement d'une porte, elle voit un bleu doux de faïence mouillée : le bleu des bols du petit déjeuner, il y a très longtemps, dans son enfance.

On doit tripoter son bras gauche. Elle n'a même pas envie de regarder. Une voix de trompette lui éclate dans les oreilles :

— Ecoutez-moi bien et tâchez de répondre. Vous pouvez, je suis sûr que vous pouvez ! Dites oui.

— Oui.

Impossible de ne pas écouter ce visage roux qui rit près de son visage. Elle écoute et répond nettement :

— Non, je n'ai jamais eu de cortisone.

Elle aimerait rester éparpillée mais il faut se rassembler pour répondre à la trompette.

Deux yeux noirs se penchent sur elle. Rien que deux yeux rayonnants sous de gros sourcils. Deux yeux chauds, lourds, dans une bande de peau bistre bordée d'un blanc cruel. Deux yeux pour lesquels Isabelle est importante, elle le sent.

— Allez-y ! dit une voix placée sous le blanc.

Le bleu luisant des bols mouillés attire Isabelle mais il ne faut pas se laisser distraire. Ce qu'il faut, c'est ne pas perdre le regard noir pour qui elle compte. Ne pas perdre ce regard... Ne pas perdre ce reg...

Le néant happa Isabelle, d'un seul coup de mâchoire.

6

— Cette allée de fleurs, qu'est-ce que c'est ?

— Que veux-tu, mon chéri ?

— Ces fleurs, qu'est-ce que... Rien. Je ne veux rien.

Elle retourna, solitaire, à son rêve coloré. Après tout, il ne devait pas les avoir vues, ces fleurs, Etienne. Isabelle était bien, mais pas tout à fait assez.

— Retire-moi ce que j'ai sur le ventre.

— Tu n'as que ton pansement, mon chou, dit Etienne.

Il essuya le front où perlaient des gouttes tièdes. Isabelle ne regardait pas son mari, mais du côté d'où venait le jour : des têtes de géraniums brillaient au soleil. Il faudrait peut-être savoir ? Interroger ? Maintenant qu'on souffrait plus, on pouvait parler, penser ? Dommage : flotter sur un rêve mou, c'était bon.

— Etienne... Qu'est-ce qu'on m'a fait ?

Il pencha vers elle ses yeux de café. Si tristes, ses yeux. Pourquoi ? Ils avaient l'air d'attendre. Quoi ? Que pourrait-elle faire de gentil pour Etienne ? Ennuyeux de devoir penser aux autres. Ceux qui vous aiment sont toujours là à quémander une marque d'attention au moment où on a envie de se garder pour soi. Ils croient que vous aimer leur donne des droits. Le droit d'être triste, en particulier. Ils pourraient avoir l'air gai : on a déjà assez de s'apitoyer sur sa propre douleur, sans s'occuper de leur chagrin. Et puis, Etienne pourrait répondre !

— Qu'est-ce qu'on m'a fait ?

— Le chirurgien va venir dans une heure environ, il t'expliquera mieux que moi. Patiente un peu. Mais tu es sauvée, tu sais ?

— Naturellement, je suis sauvée, dit Isabelle.

Sauvée. Croyait-il qu'Isabelle ne le savait pas mieux que lui ?

— Au fait, depuis quand es-tu là ?
— Ce matin.
— Ce matin... Il est quelle heure ?
— Cinq heures.
— On t'a opérée la nuit dernière, dit Etienne. Jean-Jacques m'a téléphoné. Je suis parti tout de suite.
— En voiture ?
— Oui.
— Je suis à l'hôpital ?
— Oui. A l'hôpital de Saint-Gall.

La boucle était bouclée. Isabelle était réintégrée dans le temps et l'espace. La trêve se terminait : l'anxiété lui venait, et la révolte, et le besoin de se rassurer à l'amour d'Etienne. Attentivement, elle l'observa, avec une ébauche de sourire qui vernit de buée les yeux bruns.

La porte s'ouvrit : une cornette et un petit bonnet entrèrent. Sous la cornette, on souriait. Sous le petit bonnet, on riait franchement, d'un rire de vingt ans.

— Mais elle va tout à fait, cette petite dame ? On va marcher.
— Avec... tout ça ! s'effara l'allongée.

La bouteille de sérum se déversait dans son bras, tendu, ce compresseur respirait comme un asthmatique auprès de son lit – pourquoi faire ? – ce spaghetti mince sorti de sa narine gauche, qui s'en allait serpenter sur le drap blanc et, quand on la découvrit, cet autre tuyau qui émergea d'un énorme sparadrap rose. Soulevée de dégoût, Isabelle murmura :

— Ces tubes... Je ressemble à un compteur à gaz.

Le petit bonnet éclata de rire. On pinça les caoutchoucs, on ferma des manettes, on roula, on épingla, on suspendit. Etait-il possible qu'il fallût faire ces gestes pour remettre Isabelle en route, comme un vieux moteur rouillé ? Isabelle la souple ? Isabelle la vive ? Isabelle la libre ? Une boule de larmes noua sa gorge. Elle n'eut pas le temps de s'apitoyer sur sa déchéance : tandis que la cornette lui soulevait le dos, le bonnet blanc lui tournait les jambes.

Debout ! Etait-il possible qu'on tînt debout ! Et qu'on marchât ! Qu'on marchât ces quatre pas qui allaient du lit au fauteuil, avec un ventre qui pesait une tonne et tombait devant soi, essayant d'entraîner le corps chancelant, ce ventre qui allait se vider par terre, comme un seau crevé ?

— Mais... je suis encore *ouverte* ? balbutia Isabelle, éperdue d'effroi.

Cette fois, la cornette aussi rit un peu :

— Pensez-vous ! rassura-t-elle avec une voix lente qui cherchait des mots français. Vous ne perdrez rien, soyez tranquille !

Mais Isabelle n'était pas tranquille. Personne ne pouvait savoir mieux qu'elle qu'on avait oublié de refermer son ventre.

Devant le fauteuil, il y avait une commode laquée et à côté de la commode, un lavabo et au-dessus du lavabo, une glace.

Maintenant, on l'avait recouchée, rebranchée sur cette nouvelle façon de vivre, grâce à de la vie en conserve, qu'on lui prêtait. Etienne était revenu du couloir.

— Je veux me voir, dit Isabelle. Je veux !

A regret, il lui tendit un miroir. Le miroir renvoya un visage de souffrance, un visage de vieille, jaune, creusé de cernes bleus et où collaient des cheveux de fièvre. La bouche décolorée n'était qu'une pulpe trop lâche dans le visage maigre.

Sur la table de chevet, une rose jaune, laissa choir sa jupe de pétales. Isabelle tourna la tête et revit, lointaine, inaccessible, la rose de Bagatelle, suspendue à la lisière de sa beauté.

D'un geste qui lui tira douloureusement le ventre, elle lança le miroir qui se brisa à terre, et cria :

— Je ne veux pas ! Ce n'est pas juste, pas juste ! Je ne veux pas être vieille. Je ne veux pas être laide ! Je préfère être morte !

Des sanglots convulsifs coupaient ses cris. Etienne avait sonné et immobilisait, bouleversé, le bras où, dangereusement, dansait la sonde du sérum.

La cornette gronda, le bonnet si gai se fâcha. Isabelle dut cesser sa lutte.

Etienne embrassa les cheveux poissés, avec transport.

— Pour moi, tu es toujours aussi belle, chérie.

Elle ne répondit rien. Qu'aurait-elle pu répondre ? Elle détourna la tête vers les pétales morts tassés sur l'émail de la table. Au haut du pédoncule vert renflé, trois pétales translucides demeuraient attachés, mous, ridés, résignés à dessécher mais à tenir. « On est lâche », pensa-t-elle, « on se cramponne. »

« Tu seras toujours aussi belle », redit Etienne. « Tu verras, dans quelques jours... »

Dans le désespoir d'Isabelle, une faille s'élargissait, honteuse, par où allait s'engouffrer la conciliation, l'à-peu-près.

7

Elle l'avait posée sur le drap blanc, bien en vue. Et elle eut, pour l'objet dérisoire, un sourire amer. Ainsi, c'était pour lui rendre cette cellule photoélectrique oubliée sur la banquette du Métropole, que le pianiste blond courait après elle ? Ainsi c'était sur cet accessoire de tous les jours qu'étaient venus buter sa joie, son désir de Franz ? C'était contre ce butoir nain que guettait la mort et qu'était née la balafre rouge, irréparable, creusée au travers de son ventre ?

La bouche tordue de dégoût, Isabelle revit le sparadrap arraché par la sœur, les compresses sanguinolentes décollées, et, sous ses yeux écarquillés d'angoisse, le grossier surjet irrégulier cousu à point d'acier noir espacés.

— Mais c'est très beau, ça, avait dit la sœur.

Pour ne pas hurler d'horreur, l'opérée avait grimacé :

— Vous savez, « avant », ce n'était pas mal non plus !

— Bah ! c'est le ventre qui a pris, heureusement, après tout, ça ne se verra pas.

Ça ne se verra pas. La phrase avait sonné comme un glas.

On vit très bien avec un intestin recousu. On vit très bien avec une rate en moins. On vit très bien avec un ventre labouré, un ventre pour soi seule. Un ventre de bonne sœur.

La cellule avale un rayon de soleil et de son bord plat, elle ricocha au plafond clair. Ramenée à l'objet, Isabelle ricana : « Eh bien ! je ne t'ai pas perdue ! Trois mille francs d'économisés. Trois mille francs en échange de mon ventre ! Tu vas voir, ce que j'en fais, moi, de tes trois mille francs ! »

Aussi fort qu'elle put, elle lança la cellule à travers la chambre. La petite boîte cogna le lavabo et s'écrasa par terre. Un éclat marquait l'émail blanc. Détruire ! Détruire ! Détruire le hasard, détruire l'impuissance à conduire sa vie ! Détruire l'impossibilité de choisir entre son ventre lisse et cette stupide chose de trois mille francs. Détruire les autres qui choisissent à votre place en courant derrière vous, comme des idiots.

Franz. Depuis son accident, jamais elle n'avait songé à lui dans l'avenir. Franz ne représentait même pas un passé ou alors un passé avorté. Mais depuis ce matin... Avec la bouillie légère qu'on lui avait donnée à manger, l'envie de revivre et de revivre entière, avait coulé en Isabelle. Elle avait demandé au chirurgien :

— On pourra faire de la chirurgie esthétique là-dessus ?

Pendant plusieurs secondes, l'homme aux yeux noirs si lourds dans son visage bistre, l'avait observée :

— Pas tout de suite. Pas avant un an. Il faut laisser d'abord la peau travailler. Et puis dans un an, peut-être vous en contenterez-vous ? Ce n'est pas si laid ? Et où c'est placé.

Où c'est placé ! La sœur, passe encore ! Mais ces hommes, ces hommes blancs qui disent : « Ce n'est pas important, cela, voyons, vous êtes sauvée », on se demande si jamais aucune femme ne s'est servie de son ventre pour leur plaire ?

Franz... Ah ! cette nuit, cette nuit romaine dédaignée ! Ces nuits promises, ces nuits enchâssées dans l'avenir, ces nuits pleines de mains tièdes pétrissant son ventre pur. Les larmes débordèrent les yeux grands ouverts qui ne cillaient pas.

— Pourquoi pleures-tu, mon chéri ? demanda doucement Etienne qui venait de rentrer dans la chambre. Tu as mal ? Tu veux que je sonne ?

— Mais... je ne pleure pas, répondit Isabelle de bonne foi. Ah si ? Je ne sais pas pourquoi alors... Comme ça.

Etienne prit la main de sa femme ; cette main qui, elle, était devenue plus belle, plus mince, diaphane et longue, une main inutile de milliardaire. Il embrassa la paume moite. Un sourire naquit à Isabelle, pâle, plein d'un remords délicieux, d'une sécurité plénière ; un sourire avant-coureur du sommeil.

— Tu sais, Etienne, murmura-t-elle, tu sais avant mon opération, quand je t'attendais, pour personne d'autre je ne me serais donné tant de peine pour appuyer sur le couvercle. Il faut que tu me croies. Tu me crois ?

— Je te crois, répondit-il, sans comprendre, pensant qu'elle dormait déjà.

Et il garda dans la sienne, précieusement, l'étroite main fondante.

8

Une brume légère, dorée, adoucit le dessin de l'arbre au-dessus des tuiles du bâtiment d'en face.

Ce grand cèdre bleu représente ce qui est donné à Isabelle du parc entourant les pavillons de l'hôpital. Ce cèdre et les géraniums de sa fenêtre, qu'on vient arroser chaque soir à cinq heures précises et dépouiller de leurs feuilles mortes chaque vendredi, comme si les soins aux fleurs étaient ici, aussi minutés que les soins aux malades.

La course du soleil à travers les branches réglait sa vie. A la pointe de la grosse branche : thé au citron ; à mi-chemin de la branche du dessus : pansement ; au sommet : se lever et marcher. Marcher ? Aventure de chaque matin. Ensuite, Isabelle perd son horloge car elle l'aveugle et sœur Liliane descend le store.

Elle a aussi le jeu de construction des nuages et bâtit des paysages qui lui font la grâce d'être changeants. Des paysages blancs de Japon en fleurs, des paysages sans pluie.

— Des étés aussi beaux, on en voit peu par ici, dit Karl Schaëller.

— Eh bien ! voyez, j'ai de la chance, plaisanta Isabelle.

Le grand pianiste blond sourit tristement, sans répondre. Gauche, malhabile à s'exprimer, il se tenait assis au bord de la chaise blanche laquée. Il avait posé sur le lit un gros bouquet d'œillets rouges.

— Je ne veux pas vous fatiguer, dit-il en se levant. Si je peux faire quelque chose pour vous ?

— Quoi ? Mettre un cierge ? demanda Isabelle.

Il resta une seconde désemparé.

— Votre mari m'a dit qu'il devait regagner Paris pour quelques jours. Si je peux faire vos courses en ville ?

— Merci, dit Isabelle. Mon beau-fils va venir.

Karl Schaëller s'en alla, mélancolique. La sœur entra et plaça dans un vase le bouquet dont l'odeur sucrée s'évaporait, dominant les relents d'éther.

9

— Mon petit François, aviez-vous rêvé d'une belle-mère cassée, buveuse de tisane, deux tiers couchée et un tiers béquillante ?

— Si je vous avais créée en imagination, je ne vous aurais pas faite ainsi à mon goût, répondit François.

— Vous n'êtes pas difficile ! Moins difficile que moi ! Je ne me plais plus du tout, mais plus du tout !

Et elle ajouta :

— Vous ressemblez à votre père, François : vous êtes bon.

— Pas tant que lui, dit François. Ma bonté se voit plus, c'est tout.

— François, vous êtes très intelligent. Pourquoi est-ce que... pourquoi est-ce que je vous plais ?

— Parce que vous êtes présente.

L'adolescent avait répondu sans hésiter. Il y avait eu dans sa phrase une arrière-rancune. Isabelle se souvint : « Ma mère, c'était surtout une longue absence. » Confusément, elle entrevit une existence nouvelle, où des séductions autres que physiques lui seraient accordées.

Un moineau sautillait parmi les géraniums de la fenêtre. Sous le drap, Isabelle crispa ses orteils au rythme des sautillements.

Le chant d'un violon s'éleva dans le couloir. On vit la main d'une sœur entrouvrir la porte. On la devinait glissant le long du couloir blanc, ouvrant chaque porte pour permettre aux malades de mieux entendre la *Rêverie* de Schumann. Après la *Rêverie* viendrait l'air de *Thaïs*. Ou *La Violette* de Mozart.

François avait levé sur sa belle-mère des yeux interrogateurs.

— Il est déjà venu, répondit Isabelle. C'est un violoniste amateur, un habitant de la ville. Il consacre chaque semaine deux heures de son jour de congé à venir jouer pour les malades. Il joue dans les couloirs, il joue sous nos fenêtres.

— Pourquoi ? demanda François. Il fait la quête ?

Isabelle rit :

— Vous posez la question que j'ai posée la première fois ! Nous sommes trop parisiens. Nous avons perdu tout sens de la fraternité.

Elle écoutait sautiller, à coups de doubles croches, sur son pré fleuri, la bergère de Mozart.

Le visage de ce violoniste, elle ne le connaissait pas. Mais elle l'imaginait rayonnant.

10

« ... N'oublie pas que nous t'attendons pour la noce. Exerce-toi à la salsa ! J'espère que ton moral tient bon ? Tu sais, les ennuis, ça vient... mais ça passe : rapporte un bout de lac bien frais. Ici, on cuit : septembre fond sur le macadam. Nous te faisons tous la bise même Gladys. Carole. P.-S. Je surveille Etienne. Je lui téléphone chaque soir à onze heures trente : il est toujours chez lui. »

Isabelle replia la lettre et soupira. Tout s'arrangeait pour les autres. Un lavage d'estomac, et ni vu ni connu. Elle palpa avec précaution son ventre encore sensible et esquissa trois pas traînants... « Tu parles comme j'ai envie de danser ! »

Par la fenêtre de sa chambre, elle épia les convalescents matinaux qui battaient des cartes, poussaient des pions, installés sur la pelouse de la maison de repos.

« Je devrais jouer aussi... pour me « distraire », comme disent les sœurs. Jouer au bridge, au nain jaune, au rami... à des jeux de vieux. Mais je ne peux pas. Je n'ai jamais éprouvé le besoin de me distraire. Avant, vivre suffisait à me distraire... Mais ceux-là ont l'air de n'avoir jamais été vivants : jouer aux cartes les empêchent peut-être de mourir tout à fait ? »

Le parc descendait en pente douce jusqu'à la route et, au-delà de la route, le paysage continuait de descendre, vert et crépu, jusqu'à une longue bande bleue qui étincelait en balançant les voiles d'une flottille miniature.

Entre les carrés de fleurs à couper, deux groupes de trois sœurs noires et blanches se promenaient panier au bras, sécateur en main.

Elle se précipita sur sa glace, scruta avec âpreté son visage trop mince où les cernes avaient pâli. Avec une bonne mise en plis. Elle s'amusa à se maquiller, pour la première fois depuis son accident. Le grand jeu. Elle avait l'impression de se poser un masque.

C'est ce moment que la petite sœur Anne-Marie choisit pour entrer. Elle demeura sur le seuil, son regard de faïence rivé sur la convalescente, fardée comme pour l'Opéra, nue sous sa dentelle rose, les paumes plaquées sur son ventre meurtri.

— Oh ! fit-elle enfin, scandalisée.

Isabelle éclata de rire.

— Voulez-vous vous habiller ! commanda la petite sœur.

— Mais je suis en train, sœur Anne-Marie, vous voyez bien.

— Vous habiller convenablement ! Je viens vous chercher pour la visite. Le docteur Ziller est là.

— Bon, fit Isabelle. Eh bien, je passe mon peignoir là-dessus...

— Ah non ! s'exclama la nonette horrifiée. Remettez une chemise de nuit, s'il vous plaît ! vous n'allez pas vous montrer comme ça !

Docile par amusement, Isabelle enfila sa chemise de nuit sage.

— Et une culotte ? dit la petite sœur, sévère.

— Pour quoi faire ?

— Mais... pour descendre, voyons !

— Je peux prendre un ascenseur sans culotte, affirma Isabelle.

— Mais enfin... on ne se promène pas sans culotte ! On ne va pas à la visite sans culotte !

— Pour ce que je vais lui montrer au docteur Ziller, sœur Anne-Marie, laissez-moi rire !

La petite sœur rougit.

— Ce n'est pas pour vous faire de la peine, ma sœur, reprit Isabelle, mais le caoutchouc de taille me fait mal. Je ne peux pas encore le supporter, et je sens que j'en ai pour des semaines. Je ne peux déjà pas supporter mon ventre nu !

La petite sœur se radoucit :

— Comment allez-vous faire pour partir dans cinq jours ?

— Je partirai sans culotte, dit Isabelle.

— Quoi ? Vous prendrez l'avion sans... sans...

D'indignation, la petite sœur étouffait.

— Vous savez personne ne voit d'en bas. Les Constellations volent trop haut !

— Et quand vous arriverez à Paris ?

— J'arriverai sans culotte.

— Oh !

— On peut très bien, dit Isabelle.

— A Paris, bégaya la petite sœur, à Paris sans... Oh !... Et elle s'écria :

— Mais alors Paris... c'est vraiment Sodome et Gomorrhe !

Dans l'ascenseur, la sœur l'inspecta, rentra un coin de col, renoua la ceinture de soie qui glissait :

— Vous avez bien changé depuis un mois que vous êtes ici. On ne vous reconnaît plus.

— C'est que moi, je commence à me reconnaître, dit Isabelle. Vous croyez que je suis assez bien remise pour aller chez le coiffeur avant mon départ ?

— Il faudra prendre un taxi.

— Bien sûr. Et dites-moi, ma sœur... Constance, c'est tout près d'ici, n'est-ce pas ? A combien de kilomètres exactement ?

11

Quoi de plus important que cette pastille de soleil qui tombait sur la main d'Isabelle à travers les feuilles du tilleul ? Elle se posa la question, en regardant avec avidité autour d'elle. Le corps malhabile mais les sens aiguisés, elle reprenait possession du monde recoloré, neuf. L'élasticité de la terre sous son pas lent lui causait un plaisir sensuel. Elle se baignait dans l'air vif, avec un bien-être diffus. Ce qu'elle accomplissait dans l'inconscience il y a un mois ? un siècle ? que c'était loin ! lui paraissait digne d'attention : respirer HORS d'une chambre, décider librement de ses prochaines cinq minutes, décrocher de sa veste de tailleur la branche de mûrier sauvage qui s'y était prise. Et la saveur oubliée d'un grain de raisin.

A même la grappe, elle mordit dans une perle longue, d'un vert jaunissant qui claqua dans sa bouche l'inondant d'un suc épais et doux.

Devant elle, les cygnes glissaient vers le quai, allongeant le cou, puis le redressant en S renflé à la base, avec un élégant mouvement qui appelait le pain qu'Isabelle n'avait pas. Derrière elle, le Konzil de Constance étalait son confort, avec ses pichets de bière qui tiennent le demi-litre et ses énormes parts de gâteaux à trois couches assortis au volume de ses clients. L'orchestre violonait des valses viennoises.

Isabelle les trouvaient grisantes comme des promesses.

Une heure et demie. Encore trente minutes et elle irait voir. A deux heures un professeur en vacances devait être en train de faire la sieste ? On pourrait le regarder, à travers la haie de troènes, se balancer dans un rocking-chair. Elle ne savait pas si elle entrerait. Peut-on savoir d'avance comment la réalité se raccroche au rêve entaillé ? Tout à l'heure, en venant de Saint-Gall, elle avait demandé au taxi de passer devant la maison, qui battait volets ouverts. La grille aussi était entr'ouverte. Elle avait vu un rocking-chair vide dans le jardin caillouté, et avait reçu un coup au cœur.

Franz. Cela semblait si loin. De l'autre côté d'un océan. Et pourtant, maintenant la rive abandonnée l'attirait et lui faisait peur. Une petite espérance, c'est trop ou trop peu. « Rien qu'à le voir, je saurai s'il m'attend depuis six semaines, sans renoncer. Et je saurai si, moi aussi, je l'attends toujours. »

Le prévenir ? Elle n'y avait pas songé. Câble-t-on à un inconnu : « Cause accident, aventure n'aura pas lieu – Stop. Partie remise. Signé : l'étrangère ? »

Pour la vingtième fois, elle tira le miroir de son sac, fit bouffer ses mèches disciplinées par le coiffeur, essayant de rendre à son visage, par l'intérieur, sa séduction intacte d'un soir à Rome.

A sa gauche, dans la presqu'île qui fend le lac, les bouquets de saules s'enveloppaient d'une buée montée de la terre gorgée d'eau. La brume s'accrochait aux branches et tournait, peuplant de danseuses sans poids les feuillages d'argent. Qui pouvait dire si les traînées de vapeur étaient des lambeaux de brouillard ou des écharpes de Walkyries ? Le décor de légende enchaînait Isabelle à mi-chemin du rêve et de la réalité.

12

— Arrêtez-vous ici, et attendez-moi.

Le vent mordant de l'hiver dernier avait gelé deux pieds de troènes. Ame et couleurs soufflées, Isabelle s'approcha de la claire-voie ouverte dans la haie par les branches mortes.

Il n'était pas dans son rocking-chair. Isabelle respira de soulagement avec le désir confus de s'enfuir, après avoir accompli sans risque le geste nécessaire, qui la libérerait du regret de ne pas avoir tenté. Elle se raidit soudain, mâchoire contractée. Franz venait d'apparaître. Posé sur le piédestal du perron, découpé en clair sur le rectangle noir de la porte de la maison, il s'offrait imprudemment à la contemplation d'Isabelle, silhouette relâchée, avec, sur le visage, le vide de l'oisif qui n'attend rien. Le bleu des yeux n'était plus qu'une eau morne.

Il est difficile pour l'esprit de bondir en arrière, de

faire coïncider une image avec ce qui lui est rendu, de ressaisir un désir au point où il l'a laissé. Les amours rêvées sont ces panoplies qui produisent un brillant effet de loin et dont il reste si peu quand les objets sont à portée de main.

Elle regardait la silhouette de Franz et dut s'empêcher de détourner les yeux avec une certaine indifférence. Comment l'homme qu'on a désiré six semaines se permet-il d'être si cruellement précis, si pauvrement lui-même et rien de plus ? A moins que ce ne fût la capacité d'aimer d'Isabelle qui ait rétréci, à l'hôpital ? Quelle expérience plus ironique que de voir comblé, quand il n'est plus temps, un désir passé ?

Soudain la guetteuse tressaillit : Franz, qui venait de sortir un paquet de cigarettes de sa poche, penchait un peu la tête, paupières baissées, mâchoire projetée en avant. Un instant, son large front cabossé de serpents veineux s'éclaira à la flamme du briquet. Le temps d'un miracle, Isabelle se retrouva dans la chambre du Bologna, baignée par les effluves de *peperonata*, contre l'inconnu en chemise ouverte par l'échancrure de laquelle montait l'odeur de sa peau. Sa bouche s'emplit du goût de sel d'une morsure et elle résonna d'un rire lent, feutré de caresses. Sous la crue de son exaltation retrouvée, elle se précipita le long de la haie de troènes, vers le tournant, vers la grille, vers sa nuit romaine perdue.

Une voix s'éleva derrière la haie, qui la cloua au sol, étonnée. C'était une voix jeune, à peine rauque. Ce qu'elle avait prononcé en viennois, Isabelle ne put le comprendre. Elle n'eut que le temps de prendre l'allure d'une promeneuse nonchalante pour laisser passer deux cyclistes, deux garçons blonds dont le plus grand offrait un visage grêlé de boutons d'acné.

Elle les regarda s'éloigner, indécise, déconcertée. En une seconde, l'amant convoité était devenu un père de famille. Parvenue à trois pas de la grille, Isabelle fit volte-face, écrasée d'une infinie paresse. Prendre cet homme, oui. Mais cet homme seul ! Sans passé, sans attaches, sans ombres sur lui. L'amant sans bagages. Au fond, la vie de Franz ne l'intéressait pas, ni ses soucis ni ses problèmes. Rien d'autre qu'elle en lui. A songer qu'elle pourrait entendre parler des études d'un de ces garçons qui venaient de passer, Isabelle se sentit saisie d'un irrépressible ennui. Les études de François, à la bonne heure ! François, maintenant faisait partie de son quotidien. Mais ces deux blonds sur leur vélo n'en feront jamais partie, non, jamais ! Avec un amant, c'était parfait : ils s'aimaient alors au carrefour de leurs chemins. Dans une chambre, elle enlevait l'Isabelle de tous les jours avec sa robe. Lui accrochait femme et enfants au vestiaire. On ne parlait jamais de cela. De rien d'autre que de passion : je t'aime, tu m'aimes, on s'aime, on joue à « toujours » pendant trois heures. On ré-enfile sa vie suspendue en partant. Soudain, Isabelle fut sûre que Franz n'en était pas capable, pas capable d'un égoïsme aussi parfait, d'un bonheur aussi païen.

Lourdement, elle revint vers le taxi qui l'attendait à cinquante mètres. Devant le trou de la haie, elle crispa les paupières en pressant le pas. Ne pas le revoir. Garder en soi l'image de l'homme qui tire sa première bouffée de cigarette, l'image qui creuse le ventre, comme un appel.

13

Elle s'avança sur l'embarcadère, au-dessus du lac. Les cygnes vinrent frôler les pilotis, bec d'or levé. Serrée dans son imperméable que le vent humide secouait, elle se tenait dans la lumière bleue, droite, malgré le tiraillement de cicatrice sur son ventre.

« La brume a augmenté, le paysage est encore plus flou... »

Alors, elle se rendit compte que des larmes s'ajoutaient à la vapeur effilochée par les feuillages pour accentuer le tremblotis des bouleaux et des saules. Que pleurait-elle ? L'impuissance à conquérir aujourd'hui une joie qui se donnait hier. Son indifférence à la conquérir. Son impossibilité de remonter le cours d'un désir. Et pour la première fois, pesait en elle un poids jusqu'alors inconnu : celui d'un désir mort insatisfait, qui allait se venger en composant peu à peu, dans sa mémoire, le faux souvenir d'un faux chagrin.

Elle aurait pu retourner, pousser la grille de la maison de la Hussenstrasse, se blottir dans les bras puissants. Elle ne doutait pas que les bras se fussent ouverts. Mais le spleen d'Isabelle était de l'humeur de tous les spleens : il n'avait pas envie d'être chassé. Franz n'aurait duré qu'un temps. Le regret de Franz, Isabelle sent qu'elle va le chérir longtemps. Un beau jouet. Un jouet comme elle n'en a jamais possédé, elle qui possède tant de choses : une passion pour son théâtre d'ombres. Qui sait ? Peut-être une chance de mûrir, en passant dans le camp des blessés de l'amour ?

Immobile entre lac et ciel, elle laissait l'eau du paysage la submerger, la dissoudre et l'éparpiller, en même temps que les fumées de brume, aux branches du lointain. Franz inoubliable ? Son imagination allait le lui donner.

14

— Voilà, dit François, je vous ai faite vigneronne pour votre convalescence ! Mes ancêtres trouveraient qu'une cure de jus de la treille est le meilleur des remèdes.

Isabelle s'appuyait à la jeune épaule. Le vert lavé du paysage qu'un pinceau avait touché de roux s'égouttait au soleil de septembre. Le vent arrachait un parfum fort, âcre, à la terre mouillée. Les sillons rouges de la terre de Bourgogne montaient en pente douce entre les ceps de vigne. Au-delà du domaine, les croupes des coteaux ondulaient sous un ciel bondé de nuages blancs serrés en chou-fleur.

A cinq pas d'eux, un oiseau gris se leva des terres avec un cri, dessina une courbe dans le ciel et se laissa retomber plus loin dans le vignoble, comme une pierre.

— Une alouette qui se lève, dit Isabelle, heureuse d'en voir une.

Marius se mit à rire :

— Ah non, ma chère ! C'est un becfigue, les vignobles en sont pleins. L'alouette appartient, comme l'avenir, aux gens qui se lèvent tôt.

— Il est incroyablement tôt. A peine dix heures ! Et puis, je peux me lever tard. Je n'ai plus d'avenir... rien qu'un passé.

C'était dit avec une affectation de mélancolie.

François observa sa belle-mère, les yeux huilés de moquerie :

— Votre passé vous passera.

— Que voulez-vous dire ?

— Ce passé n'est pas votre genre, Isa... marraine !

Elle eut un geste d'impatience :

— Je vous ai déjà prié de m'appeler Isabelle... comme tout le monde. Ce « marraine » qu'Etienne vous a demandé est ridicule.

Après un hochement de tête, l'adolescent installa le fauteuil pliant sous l'ombre d'un pêché qui tordait son tronc mince et noir à l'orée de la vigne. La convalescente s'assit et ferma les yeux de plaisir :

— Je n'avais jamais imaginé que marcher fatigue.

— Fatigue momentanée pour vous, dit Marius, en s'appuyant à l'arbre.

L'oncle de François n'avait pas atteint la soixantaine, mais il paraissait davantage. Ce corps semblait solide encore. Peut-être était-ce l'âme, chez lui, qui s'était ankylosée ? Isabelle et lui avaient sympathisé d'emblée, Marius n'était pas habitué à la joie que l'amitié spontanée de la seconde femme d'Etienne lui avait donnée. Il s'était attendu à de la froideur, à une réticence jalouse en dépit des propos que tenait François sur sa belle-mère. Isabelle était arrivée pour terminer à La Benoîte sa convalescence. Aucune de ses craintes ne s'était réalisée.

Isabelle était inapte à la jalousie. Incapable de penser plus de cinq minutes : « Cet homme-là est le frère de Thérèse et Thérèse a été la femme d'Etienne. » François lui plaisait, elle plaisait à François, Marius lui plaisait, elle plaisait à Marius et Thérèse était morte. Thérèse, si Etienne avait dû en avoir le moindre regret, aurait commencé par la garder de son vivant. Alors...

La Benoîte l'enchantait. Cette vieille maison de maître coiffée à la bourguignonne de tuiles coloriées dont les teintes passées se satinent de reflets sous la lumière. L'intérieur sombre, luisant de meubles lourds fouillés de sculptures et de fauteuils aux accotoirs polis par cinq générations de vignerons. En entrant dans le grand salon carrelé, Isabelle s'était précipitée sur les housses pour dénouer les cordons blancs et donner de l'air au velours milleraies, vieillot mais vif.

— C'est-y-fête ? avait demandé Mariette, la grosse bonne, sur un ton réprobateur.

— Où je vis, c'est toujours fête, avait répondu Isabelle. Et je suis anti-housse.

— Mais c'est pour protéger le velours, Madame !

Le « r » du velours avait roulé grassement, comme la première semonce d'un orage.

— Eh parrdi ! je le sais bien ! Mais est-ce que vous vous mettez sous cloche pour éviter les courants d'air, Mariette ? Non ? Et est-ce que vous n'êtes pas plus précieuse qu'une tapisserie ? Et moins réparable ?

Mariette interloquée était restée une minute, bouche ouverte, front plissé sur un effort de réflexion inhabituel. Enfin, elle avait dit, mi-grondeuse, mi-contente :

— C'est ben la première fois ici qu'on m'dit qu'j'suis pus précieuse qu'une chaise.

Depuis, les amours d'Isabelle avec Mariette allaient bien. Marius sourit à ce souvenir :

— C'est heureux que vous ayez pu apprivoiser Mariette. Rien de plus difficile que de séduire la vieille bonne : c'est le gros morceau. Après, le reste n'est rien.

— Et vous, Marius, vous ai-je séduit ? demanda-t-elle.

Dédaignant de répondre, l'oncle sourit de biais et avança dans le champ, pour aller voir de près les grains gonflés, encore un peu trop verts.

— Dans dix jours, on vendange, remarqua Isabelle avec le sérieux.

François éclata de rire :

— On jurerait que vous avez toujours eu des vignes ! Vous êtes étonnante.

— Oh ! vous savez, moi, tout m'appartient ! Enfin... tout ce qui me plaît.

— Vous avez de la chance.

Elle perçut l'once de jalousie enclose dans la phrase et suivit le regard de François.

Une silhouette en cotillons courts grandissait sur le chemin pris à travers champs. Elle s'étoffa de courbes gracieuses, se couronna d'une toison châtain clair. Une mèche dansait en cadence sur le front, au rythme du pas. En passant près du groupe, le teint de brugnon mûr se farda de rose vif :

— Bonjour, madame ! Bonjour, monsieur François. Bonjour, monsieur Marius !

— Bonjour, mademoiselle Odile, avait murmuré François, presqu'aussi rose que l'ingénue. Penché, il fouettait avec beaucoup d'attention, d'une tige souple, le premier cep de vigne.

Isabelle se mordit la lèvre. François releva enfin la tête et croisa le regard moqueur de sa belle-mère. Rougissant de plus belle, il lança sa brindille au loin :

— Je reviens, dit-il. Je m'aperçois que j'ai oublié de prendre votre livre, Isabelle.

Attrapant au passage l'adolescent qui s'élançait vers la maison, elle indiqua du menton la direction du village que venait de prendre le brugnon :

— Je préférerais que vous alliez me chercher le journal au tabac, si cela ne vous ennuie pas. Oui, je sais : il est un peu tôt et les journaux de Paris ne seront pas arrivés. Eh bien ! vous m'en prendrez un vieux. Cela n'a pas d'importance, vous savez bien que je ne lis jamais le journal. Je ne regarde que les photos... pour les critiquer.

Entre l'envie de dire une insolence à sa belle-mère et celle de l'embrasser, François hésita deux secondes. Il se décida pour un clin d'œil et fonça sur le sentier, à la poursuite de la nymphette qui balançait sa jupe en battant de cloche, ralentissant sa marche, à tout hasard.

— François est amoureux, chantonna Isabelle à Marius qui revenait du vignoble pour s'asseoir à ses pieds, sur le talus.

— Odile, hein ? Hé ! belle petite. Ce n'est plus de notre âge, hélas ! Je parle du mien, ne vous y trompez pas.

Isabelle chassa en soupirant une bouffée de Franz qui venait de voiler le matin gai.

— Il paraît que vous l'avez bien rempli, votre âge ! dit-elle.

Marius sourit à l'horizon qui se noyait dans une brume d'or.

— On a fait ce qu'on a pu ! « Et puis est revenu, Plein d'usage et raison, Vivre entre ses parents, le reste de son âge... » Sonnet connu !

Il se tut un instant et reprit très bas :

— Pourquoi revient-on ? Pourquoi suis-je ici ? J'étais parti pour un autre monde, plein d'autres choses qui me semblaient les miennes. Je m'étais cru un étranger dans ce pays.

— On se sent bien ici, pourtant. Moi, je crois que j'y resterai.

L'oncle secoua la tête :

— Non. Vous, vous repartirez. Je crois que vous n'êtes de nulle part. Je n'ai jamais connu un être qui semblât plus libre que vous.

— Pourquoi ne serais-je pas libre ? Pourquoi ne vous sentiriez-vous pas libre ? Vous êtes sans femme, sans enfant.

Marius leva un bras et le laissa retomber sur le sol herbu, dans un soupir :

— Si vous en êtes à vous imaginer que la liberté c'est l'absence des autres... Vous êtes libre, Isabelle, parce que vous vous aimez plus que vous n'aimez autre chose sur terre.

— Comment cela ? Je suis vaniteuse ?

Il lui prit la main pour la rassurer et dit doucement :

— Ce n'est pas cela. Je veux dire que vous vous acceptez telle que vous êtes. Vous ne vous torturez pas avec des questions, des renoncements, des efforts, des engagements. Vous êtes... et vous vous plaisez. La preuve, c'est que vous êtes heureuse.

— J'étais heureuse, dit Isabelle après un temps.

— Vous avez réfléchi avant de conjuguer l'imparfait !

Une pie se posa, à deux mètres d'eux et se mit à inspecter un pied de vigne de son œil concupiscent. Elle s'envola, à coups d'ailes noires, parce que Marius avait déplacé la jambe gourde sur laquelle il reposait. L'oncle attrapa une vrille de vigne, la déroula du tuteur et la laissa s'enrouler, têtue, élastique, autour de son doigt :

— Voilà pourtant à quoi on se raccroche pour s'empêcher de se trouver.

— Pour s'empêcher de se trouver ? répéta-t-elle en écho.

Au bout de l'allée qui descendait de la maison, Etienne venait d'apparaître.

— Si je n'avais pas eu ces vrilles agrippées au cœur, reprit sourdement Marius, croyez-vous que je serais revenu m'enterrer ici ? Dans ce trou sans idées ?

— Les idées, dit Isabelle, ça rend heureux ?

— Je ne sais pas... mais ça fait vivre. Ici, on végète comme une plante.

— Qu'est-ce que vous faisiez... ailleurs ?

Elle l'interrogeait parce qu'elle le sentait heureux de parler plus que par curiosité. L'homme se déboutonnait, en résumé, parce qu'Etienne approchait :

— Un peu de tout. Beaucoup de politique surtout. J'étais un politicaillon, un politicien raté, si vous voulez. Quand je pense que j'ai été anar ! avec mon cœur de proprio !

— Anar ?

— Anarchiste. Et puis, je suis devenu raisonnable, communiste quoi. J'ai eu des problèmes. Ce serait trop long à vous expliquer. Je suis devenu socialiste.

— En somme, vous remontiez, conclut Isabelle. Et maintenant, vous faites surface dans les vignes.

— *In vino veritas !* dit Etienne arrivé sur les derniers mots.

— Toi, dit Isabelle, continue de descendre vers le village. Tu arrives trop tôt.

— Flirtez ! flirtez ! mes enfants, fit Etienne en flattant d'une caresse les cheveux de sa femme. Je m'en vais justement acheter des cigarettes. Il ne vous faut rien à part la solitude ? Alors, je vous donne vingt minutes.

— Bah ! vingt minutes sont de trop. Je n'ai plus rien à dire. Ou alors, il me faudrait vingt ans.

La face ronde, rougeaude, avec son drôle de nez aplati, caoutchouté (un nez accidenté qui avait perdu sa cloison) et la courte brosse grise de la moustache, ne semblait pas faite pour la mélancolie. Elle n'en était que plus pitoyable dans la tristesse, comme les visages qui commettent la farce de ne pas ressembler à l'âme qu'ils cachent.

Isabelle posa sa main de duchesse sur l'épaule en rude lainage. Marius sourit et leva vers elle son index où la vrille arrachée, tendre et obstinée, restait enlacée :

— Ah ! Jean-Paul ! soupira-t-il, les voilà bien, *Les Chaînes de l'esclavage* !

— A quel Jean-Paul parlez-vous ?

— A Jean-Paul Marat, dit-il en riant.

— Connais pas.

— Oh si !... Un certain révolutionnaire... en 89 ?

— Ah !

D'un enroulé gracieux du poignet, elle fit mine de s'enchiffonner la tête d'un turban.

— Oui, dit Marius. Celui-là. Et il ajouta, frappant le sol :

— Etre possédé par la terre, vous ne savez pas ce que c'est !

Un pli douloureux, une seconde, noya presque les sourcils d'Isabelle à la racine du nez :

— J'ai failli.

Il appuya sa main courte sur celle de la convalescente :

— Heureusement, vous ne vous êtes pas perdue. Mais vous ne vous perdrez jamais.

— Je ne me perdrai pas tant que je vivrai. Après... Au fond je n'aurai pas d'après. On n'est jamais morte.

Elle regarde la silhouette d'Etienne diminuer dans le soleil. Etienne qui allait remonter avec deux paquets de Gitanes et une demi-livre de dragées aux amandes pour elle, elle le jurerait. Un flot de bonheur paisible l'envahit. Elle murmure :

— Mais à présent, pour moi, la terre est bonne. J'habite le côté du soleil.

Cet ouvrage a été composé par
Graphic Hainaut (59163 Condé-sur-l'Escaut)
et imprimé sur presse Cameron
par **Bussière Camedan Imprimeries**
à Saint-Amand-Montrond (Cher)
pour le compte des Éditions Plon

Achevé d'imprimer en avril 2002.

N° d'édition : 13511. — N° d'impression : 022052/1.
Dépôt légal : mai 2002.